함수 도미노

KANSU DOMINO

ⓒ Tomohiro Maekawa 2023
Korean Translation rights arranged with HB Inc., Tokyo.

함수 도미노
関数ドミノ

마에카와 도모히로

이홍이 옮김
이도희 그림

〈함수 도미노〉한국 공연은 창작집단 LAS 제작으로
2024년 11월 21일부터 12월 8일까지 산울림소극장에서 초연된다.
초연의 창작진 및 출연 배우는 다음과 같다.

작	마에카와 도모히로
번역	이홍이
연출	이기쁨
무대	서지영
조명	신동선
영상	고동욱
음악	윤지예
음향	윤찬호
의상	윤여담
분장	이지연
무대감독	김희경
프로듀서	이다빈

캐스트

마카베 가오루	고영민
사몬 모리오	이강우
사몬 요이치	임현국
히라오카 이즈미	김하리
도로 히로미쓰	윤찬호
사와무라 미키	문은미
닛타 나오키	장세환
오노 쓰카사	박강원
요코미치 마사코	한송희
주최	산울림소극장
주관·제작	창작집단 LAS
후원	EASThug, 서울문화재단

작가의 말

▲

희곡《함수 도미노》가 한국에서 출판되어 매우 기쁩니다. 알마출판사, 그리고 공연에 힘써주신 모든 분들께 감사의 말씀을 올립니다.

〈함수 도미노〉의 초연은 2005년이었지만, 이후 공연을 올릴 때마다 수정을 거듭해 2014년에야 지금의 형태로 정리되었습니다. 제가 연출한 가장 최근 공연은 2022년 공연으로, 이때에도 부분적으로 각색을 더했습니다. 이번에 출간하는 한국어 대본은 2014년 상연 대본을 정본으로 삼아, 2022년 상연 대본을 반영해 새롭게 완성한 것입니다.

이 작품을 공연할 때마다 "이건 바로 내 이야기다"라는 관객의 목소리를 듣습니다. 다행스럽게도 이 이야기의 열쇠가 되는 '도미노'라는 아이디어가 세대를 넘어 공감을 얻는 모습을 지켜봐왔습니다. 극 중 묘사되는 도미노의 힘은 황당무계하지만 신기하게도 리얼리티를 느끼

게 해줍니다. 아마도 이 설정이 질투나 피해망상, 자존심의 위기, 르상티망[+]과 같이, 누구나 사로잡혀본 경험이 있는 감정과 연결되기 때문이라고 생각합니다. 우리는 누구나 마카베처럼 될 수 있겠지요.

이 이야기를 쓸 때 그런 부정적인 감정을 제 마음속에 깊이 품고 있었던 것 같습니다. 그런 마음마저 작품으로 승화시킬 수 있다는 것은 예술을 업으로 삼은 사람에게 주어진 특권일지도 모릅니다. 그리고 수정을 거듭할 때마다 도미노라는 설정이 가진 또 하나의 테마가 명확해지는 것을 느꼈습니다. 그것은 '믿음'에 대한 것입니다. '기적을 어떻게 받아들일까'의 문제죠.

우리는 언젠가부터 잘 믿지 못하게 되었습니다. 무언가를 믿는다는 것이 어리석은 행위라고 생각하게 된 겁니다. 적어도 일본인은 그렇게 되었다고 느낍니다. 한국은 어떤가요? 우리는 지금, 과학적이라고 이름 붙여진 것만을 믿으면서도 가짜 뉴스에 놀아나고 필터버블[++]이나

[+] 니체의 언어. 약자가 강자에게 느끼는 원한 섞인 복수심, 분노, 질투 등의 감정을 말한다.

[++] 알고리즘이 인터넷 이용자를 분석해 맞춤형 정보를 제공함으로써 이용자의 생각과 가치관이 마치 거품 속에 고립되는 것 같은 정보 환경을 가리킨다.

에코체임버✦✦✦에 휘둘려 스스로 객관성을 잃고 있다는 사실조차 깨닫지 못합니다. 개인과 사회, 나와 타자, 그 사이를 직접적으로 이어주는 '믿음'의 감각이 저 멀리 떠나가고 있다는 기분이 듭니다.

극 중 마카베와 사와무라가 해석하는 도미노의 힘은 참으로 대조적입니다. 기적은 좋은 일만 가져오는 것이 아니라는 마카베의 의견도, 기적을 놓치지 않기 위해 하루하루를 충실히 살아가려는 사와무라의 마음가짐도 모두 공감이 됩니다. 우리는 다들 그렇게 흔들리며 살고 있겠지요.

아인슈타인의 유명한 말이 떠오릅니다. "인생에는 두 길 밖에 없다. 하나는 기적 따위는 절대 존재하지 않는다고 믿고 사는 길이고, 또 하나는 모든 것이 기적이라고 생각하며 사는 길이다."

이 희곡이 한국에 계신 여러분께 어떻게 닿을지 무척 기대됩니다.

2024년 가을
마에카와 도모히로

✦✦✦ SNS에서 가치관이 비슷한 사람끼리 교류하여 특정 의견이나 사상만이 강화되는 정보 현상을 의미한다. 선호에 맞지 않은 정보는 차단되기 때문에 확증적 편향을 강화시키며, 양극화 현상을 부추길 수 있다.

차례

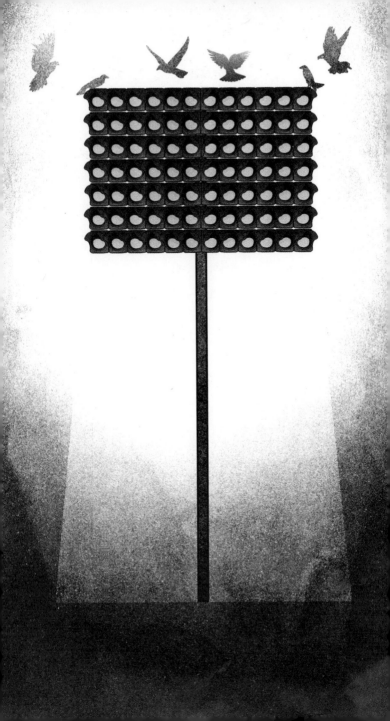

등장인물

마카베 가오루(남)   목격자, 무직

사몬 모리오(남)   목격자, 입시학원 인기 강사, 취미로
                         소설을 쓴다.

사몬 요이치(남)   사고 당시 보행자, 모리오의 동생, 입
                         시학원 사무 아르바이트생

히라오카 이즈미(여)   목격자, 요이치의 여자친구, 회사원

도로 히로미쓰(남)   목격자, HIV 보균자

사와무라 미키(여)   목격자, 간호사

오노 쓰카사(남)   목격자, 정신과 의사, 마카베의 중학교
                         동창

닛타 나오키(남)   사고 당시 운전자

요코미치 마사코(여)   보험조사원

1

대학과 종합병원 등이 갖추어진, 인구 약 10만 명 규모의
지방 도시. 그 모퉁이에 있는 곤린 마을.
마을이 한눈에 내려다보이는 고지대에 곤린 종합병원이
있고, 그 앞 교차로가 바로 문제의 교통사고 현장이다.

암전.
어둠 속에서 거리의 온갖 소음이 들린다. 닛타 나오키가
운전하는 자동차 소음도 섞여 있다. 잡음들 사이로 닛타
의 자동차 브레이크로 인한 굉음이 퍼지고, 곧 자동차는
어떤 외부의 힘으로 인해 뒤틀리다 정지한다.
무대가 밝아진다.

요코미치 마사코가 사고 관련 자료를 읽는다. 자료에는
관계자들의 증언이 개별적으로 기록되어 있다. 종이를
넘길 때마다 관계자들이 차례로 소개된다. 이들이 하는

말은 개별 조사 내용을 발췌한 것이다.

오노 오노 쓰카사, 의사입니다. 사고 현장 바로 앞에 있는 곤린 종합병원에서 근무합니다. 사고 당시 창문으로 밖을 보고 있었습니다. 신경 쓰이는 환자가 있어서 그 환자가 병원을 나가는 모습을 보고 있었습니다.

모리오 사몬 모리오, 입시학원 강사입니다. 제가 더 빨리 봤어야 했는데.

사와무라 사와무라 미키에요. 곤린 종합병원의 간호사입니다. 마침 퇴근 시간이라 병원 앞에 있었어요.

마카베 마카베입니다. 직업은 상관없지 않나요?

도로 도로 히로미츠입니다. 그때 전 육교 위에 있어서 현장이 잘 보였습니다.

이즈미 히라오카 이즈미이고, 회사원이에요. 바로 옆에 있었는데, 사고가 난 순간은, 죄송해요, 못 봤어요.

닛타 닛타 아오키, 사고 차량의 운전자입니다. 무슨 일이 일어난 건지 제일 궁금한 건 저거든요.

요이치 사몬 요이치입니다. 형이랑 같은 입시학원에서 일하고 있어요. 이번 일은 제가 좀, 죄송했습니다.

무대는 모 건물의 회의실을 빌린 임시 조사실이다. 사고가 난 지 1주일 후.

요코미치는 보험회사와 계약관계에 있는 조사회사의 직원으로 이번 사건이 난해한 탓에 재조사를 벌이고 있다. 요코미치는 닛타를 제외하고는 이들을 모두 처음 만났다. 모두 모인 상황에서 요코미치는 서류를 정리하고 조사를 시작한다.

요코미치 안녕하세요. (다들 각자 반응한다.) 아침 일찍부터 죄송합니다. 다 같이 모일 수 있는 시간을 맞추다 보니 이 시간밖에 없더라고요. 음, 저는 요코미치라고 합니다. 일주일 전에 교통사고가 있었죠. 그 사고에 너무 이상한 점이 있어서 보험회사 측에서 재조사를 의뢰했어요. 원래 이런 식으로 관계자 전원이 모인다는 게 말도 안 되는 일인데 협조해주셔서 감사합니다. 시간도 없으니까 바로 시작하죠. 개별 조사 기록들을 참고해서 제가 당시 상황을 정리해보려고 하는데요, 같이 확인해주시겠어요? 조금이라도 틀린 부분이 있으면 바로 말씀해주세요. 이건 현장 지도입니다.

요코미치가 지도를 펼친다. 모두 그것을 본다.

요코미치 (지시봉으로 가리키며) 곤린 종합병원입니다. 그 앞에 여기, 이 횡단보도가 사고 현장이죠. 그리고 여기로 연결되는 이 길이요, 완만하게 커브가 나 있습니다. 이렇게, 오르막길이고요. 닛타 씨 차는 이렇게 오고 있었습니다. 맞죠?

닛타 네.

요코미치 그리고 사몬(요이치) 씨는 횡단보도 이쪽에서 이쪽으로 건너려고 했고요.

요이치 네.

요코미치 건너기 시작했을 때는 이미 신호등이 깜빡거렸고, 건너는 도중에 빨간불이 됐습니다. 닛타 씨는 여기 있는 예비 신호를 보고 직진하셨고요. 이때는 사몬 씨가 안 보였죠.

닛타 여기, 버스 정류장 때문에 안 보였어요.

요코미치 이 정류장이 지붕에 광고 패널까지 붙어 있는 셸터 타입이라 언덕 위쪽을 가린다고 전부터 컴플레인이 있었더라고요. 그리고 닛타 씨는 오르막길로 들어가셨고, 그때 횡단보도에 있었던 사몬 씨를 보셨습니다. 길 건너는 데 시간이 오래 걸렸네요.

요이치 바람에 모자가 날아가서요.

요코미치 차 소리는 못 들으셨어요?

요이치	전화하면서 걷고 있었거든요.
닛타	전 그냥 서 있는 것처럼 보였어요.
요이치	모자 줍느라 정신이 팔려서.
요코미치	그래서 닛타 씨, 어떻게 됐죠?
닛타	바로 핸들을 꺾어서 브레이크를 밟았죠. 그랬더니 타이어가 잠기는 바람에 차가 옆으로 미끄러지면서 저분한테,
요코미치	저분한테?
닛타	가서,
요코미치	가서?
닛타	부딪혔어요.
요코미치	부딪혔습니다. …자, 목격자 여러분, 여기까지는 다 맞죠? 어떠세요? 차가 옆으로 미끄러져서 조수석 쪽이 사몬 씨를 덮쳤어요. 차는 크게 파손됐고, 조수석에 타고 계시던 분은 중태라 아직 의식이 돌아오지 않았고요. 그리고 사몬 씨는, 이유는 모르겠지만 이렇게 아무 상처도 없어요. 어떠세요? 문제없나요?

모두 문제가 있다는 것은 알고 있지만 틀린 말은 없으므로 아무 말도 하지 못한다.

요코미치	여러분이 목격하신 내용과 다르지 않다. 그렇

군요. 그럼 사몬 씨가 초인인 거네요.

요이치 …죄송해요. 아니, 진짜로 뭐가 닿은 느낌이 아예 없었어요.

요코미치 네, 확실히 이상한 부분이 바로 이 부분인데요, 목격자 여러분, 여기서 한 번 더 각자 자기 위치에서 목격하셨던 걸 있는 그대로 말씀해주시겠어요?

오노 저는 병원 3층 의국 창문에서 보고 있었거든요. 저분 모자가 날아간 것도 기억나요. 사고는 순식간이었어요. 저는 곧바로 응급실로 뛰어가서 그다음은 잘 모르겠습니다.

사와무라 저는 퇴근하는 길이었는데, 문을 열고 나가는 순간 브레이크 소리가 들렸어요. 소리가 너무 컸고 차가 완전히 찌그러졌더라고요. 그땐 빨리 사람을 구해야 하는 상황이라 이상하다는 생각을 할 겨를도 없었어요. 조수석에 계셨던 분이 출혈이 너무 심했거든요. 빨리 응급처치를 해야 했어요.

모리오 저는 동생(요이치)이랑 이즈미 씨랑 같이 이쪽 길을 지나서 횡단보도를 건너고 있었어요. 이쪽으로요. 신호등이 깜빡거리길래 다 건넌 다음 뒤를 돌아봤더니 동생이 모자를 주우려고 가더라고요. 전화까지 하고 있고 신호 바꾼 것도 모르는 거 같아서 제가 소리를 질렀어요. 위험하니까 빨리 오라고요. 그런데 안 들리는 거 같아서 "야!" 하고 불렀더니 그제야 저를 보더라고요. 그리고 차가 왔어요.

요이치   네, 맞아요. 그러니까 저는 차를 등진 상태였어요.

모리오   그래서 당황해서 막 "차차차!" 그러고, 소리 지르는데 쾅 하고.

요이치   네….

마카베   저는 이 길을 사이에 두고 저분(모리오)을 정면으로 보고 있었거든요. 소리 지르신 것도 기억나요. 차가 충돌한 순간도 기억나고요. 그때 길에는 저분(요이치) 말고는 아무것도 없었어요.

요코미치   그건 확실한가요?

마카베   네, 반대 차선에도 차가 없었고, 아무것도 없었어요. 그냥 차 딱 한 대가 언덕길을 올라가고 있었어요. 확실히 기억해요.

요코미치   음.

이즈미   저는 두 사람이 뒤처진 것도 모르고, 소리 때문에 처음 뒤를 돌아봤어요. 그래서 사고가 난 순간은 못 봤어요. 소리가 엄청났거든요. 봤더니 차는 망가져 있고, 그 옆에 요이치 씨가 넋이 나가 있었어요.

도로 저는 이 육교에 있었습니다. 그냥 길을 보고 있었습니다. 여기가 전망이 좋잖아요. 병원 갔다 집에 오는 길에 자주 그렇게 보거든요. 되게 잘 보였어요. 신기하더라고요. 소리가 그렇게 크게 났는데 저분(요이치)은 멀쩡하잖아요. 내가 지금 뭘 봤나 싶더라니까요.

사이.

요코미치 이럴 가능성은 없을까요? 차가 어떤 다른 건물이나 전봇대에 한 번 부딪혔고, 사몬 요이치 씨 바로 앞에서 멈췄다.

아무도 동의하지 않는다.

요코미치 아닌가 보네요. 그럼 여러분 모두 그 현장을 분명히 보신 거죠? 이의 없으시죠? 이게 직접 안 본 사람 입장에서는 믿기 힘든 얘기라서요. 죄송합니다, 정말로. 틀림없다는 거죠?

모두 반론하지 않는다.

모리오　　틀림없어요.

요코미치　이상하네요.

모리오　　이상하죠.

요코미치　저기요, 여러분. 잘 생각해보세요. 뭐가 있지
　　　　　않았을까요? 근처에 뭔가가.

모리오　　예를 들면요?

요코미치　뭐든요. 단단한 거.

모두　　　….

도로　　　아무것도 없었어요.

요코미치　그래요?

마카베　　차에서 뭐 나온 건 없대요?

요코미치　충돌사고가 나면 보통 충돌면에 쌍방의 흔적
　　　　　이 부착물로 나와요. 차 도료 같은 거요. 그런
　　　　　데 닛타 씨 차에서는 외부 물질이 검출된 게
　　　　　하나도 없어요. 브레이크 자국을 봐서는 충돌
　　　　　당시 속도가 시속 40킬로미터 정도였고, 파손
　　　　　상태를 보면 꽤 단단한 금속에 부딪힌 것 같
　　　　　다고 하더라고요.

모리오　　분석이 상세하게 나오네요.

요코미치　아니죠. 이 분석만 보면 폭이 50센티미터 되
　　　　　는 기둥이나 벽 같은 게 있어야 하는데 없잖
　　　　　아요. 사몬 요이치 씨를 막아준 것이 뭔지 증
　　　　　명해줄 게 아무것도 없어요.

닛타   …(모두에게) 제발 부탁드립니다. 작은 거라도 말씀해주세요. 보험 안 나오면 진짜, 저희 정말 큰일 납니다. (요이치에게) 뭐 본 거 없으세요? 뭔지는 몰라도, 뭔가가 거기 있었던 게 아닐까요?

요이치   잘 모르겠어요. 죄송해요.

닛타   (요코미치에게) 죄송한데요, 방금 말씀하신 것처럼, 전봇대에 박은 거로 해주시면 안 될까요? 저희 말고 피해자도 없잖아요. 여기 계신 분들이 다 그렇다고 해주시면 보험 나오는 거 아니에요? 어떻게 좀 안 될까요? 그렇게 해도 손해 보는 사람 없잖아요.

요코미치   ….

닛타   (모두에게) 조수석에 있던 사람이 제 아내예요. 저희 지난달에 결혼했거든요. 물론 여러분한테는 아무 상관도 없겠지만, 아직도 의식이 안 돌아와요. 평생 장애를 안고 살아야 한대요. 저기 어떻게 좀 안 될까요?

요코미치   그렇게는 안 됩니다.

닛타   …. (요이치에게) 도대체 뭘 어떻게 한 거예요? 아니, 거기 왜 서 있었어요?!

요이치   죄송합니다.

모리오   소리 지르실 거까지는 없잖아요. 저희도 뭐가

	어떻게 된 건지 모른다고요. 동생이 무슨 짓을 한 건 아니잖아요. 등지고 서 있었는데.
닛타	빨간불이었잖아요.
모리오	그러니까 그건 사과드리는데요, 악의를 가지고 뭘 한 건 아니잖아요.
요이치	죄송해요.

닛타는 스스로를 진정시킨다.

마카베	…교통사고 중에 이런 경우가 있긴 있어요?
요코미치	원인을 못 찾는 경우는 사실 의외로 많아요. 그런데 이번 경우처럼 목격자가 이렇게 많이 계신데도 갈피가 안 잡히는 일은 거의….
오노	죄송한데요,
요코미치	네.
오노	확인하실 거 다 끝났으면, 저는 직장 때문에 그만 가봐도 될까요?
요코미치	아아, 그러세요? 네, 또 궁금한 게 생기면 연락드릴게요.
오노	알겠습니다.
모리오	그럼 이제 저희도 그만 가볼게요. (요이치에게) 그치?
오노	(마카베에게 다가가 거리낌 없이) 먼저 갈게.

시간 날 때 연락 줘.

모리오　(요이치를 재촉하며) 가자.

요이치　아, 그래도 좀.

모리오　저희 가도 되죠?

요코미치　아, 네. 또 여쭤볼 게 생기면 연락—

모리오　당연히 주셔야죠. 그럼 수고 많으셨습니다.

요이치　그럼 실례하겠습니다. 죄송합니다. 죄송합니다. (면목이 없다는 듯 고개를 숙인다.)

이즈미　먼저 실례하겠습니다.

오노, 모리오, 요이치, 이즈미는 방을 나간다.

요코미치　(마카베에게) 아는 사이셨어요, 오노 선생님?

마카베　중학교 동창이에요. 둘 다 이 동네 출신이라.

요코미치　아.

마카베　아까 원인을 못 찾는 사고가 의외로 많다고 하셨잖아요.

요코미치　네, 이 일을 하다 보면 가끔 어떻게도 설명이 안 되는 사건을 보게 되더라고요.

마카베　역시 그런 일이 있군요.

요코미치　과학적으로 설명이 안 될 땐 보통 뭔가를 빠뜨린 거예요. 상식이나 선입견에 가려 안 보인 거죠.

마카베	그렇군요. 예를 들면, 아까 사몬 씨라 그랬나요? 그 동생이라는 분. 그분을 검사해보면 비정상적으로 몸이 딱딱할지도 모르는 거니까요.
요코미치	네, 뭐, 말하자면 그런 거죠. 그러니까 상관없을 거 같은 얘기도 뭐든 말씀해주세요. 이런 경우는 원인도 못 밝히고 끝나버리는 일이 많거든요.
닛타	그러면 보험금은 어떻게 돼요?
요코미치	그건 음, 보험사마다 방침이 달라서요.
닛타	진짜요? 안 되는데. (기운이 쑥 빠진다.)
사와무라	아내 분, 빨리 의식이 돌아왔으면 좋겠어요. 저는 다른 병동에 있는데 아무래도 현장을 봐서 신경이 쓰이더라고요. 매일 기도드리고 있어요.
닛타	…네?
사와무라	빨리 눈 뜨셨으면 해서요.
닛타	고마워요.
사와무라	기운 내셔야 해요.
요코미치	(모두에게) 오늘 와주셔서 감사해요. 다들 바쁘신데.
마카베	잠깐만요. 제 생각을 좀 말해도 될까요?
요코미치	…네.

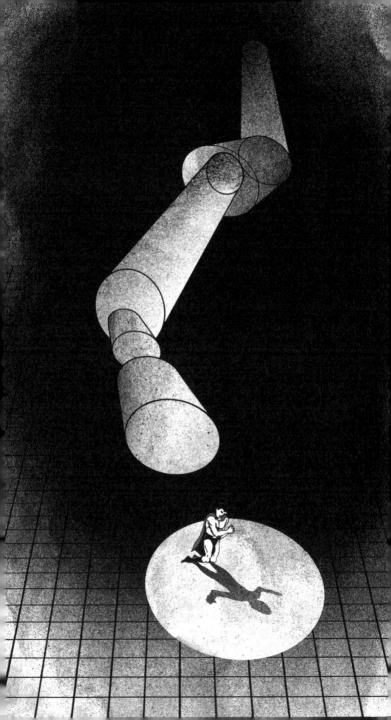

마카베	일주일 동안 쭉 생각했거든요. 이 사고는 평범한 사고가 아니에요. 상식이나 선입견을 버리고 한번 얘기해보고 싶어서요.
요코미치	네.
마카베	어떻게 생각하세요?
요코미치	당연히 동의해요.
마카베	말도 안 된다고 하실 거 같은데, 제 말 한 번만 진지하게 들어주실래요?
요코미치	당연하죠. (모두에게) 그렇죠?
닛타	네.
마카베	아니 정말로, 헛소리라고 하실 거예요, 아마. 제가 이상한 놈으로 보이겠지만 이건 어디까지나 가설 같은 거예요. 아니, 가설이에요.
요코미치	(웃으며) 알겠어요.
마카베	(도로에게) 아까 그러셨죠, 내가 지금 뭘 봤나 했다고. 저희는 엄청난 걸 목격한 거예요.

사이.

| 마카베 | 제 생각에, 투명한 벽을 만든 사람은 사고 당사자의 형인 사몬 모리오 씨예요. 제가 그 사람 맞은편에 있었거든요. 동생이 차가 오는 줄도 모르고 있으니까 소리를 질렀어요. "빨 |

리, 여기! 차!" 그런데 이미 늦었어요. 차가 옆으로 미끄러지면서 타이어가 끼익 소리를 냈고, 금방 부딪힐 거 같았어요. 꼭 슬로모션처럼 보이더라고요. 저도 틀렸다 했어요. 타이어 굉음에 묻혀서 안 들렸는데, 그때 그 사람이 뭐라고 외쳤어요. 그 순간 (부딪히는 제스처) 신비로운 힘이 동생을 지켜준 거예요.

요코미치 …신비로운 힘.

사와무라 지금 초능력 말씀하시는 거예요?

마카베 네.

닛타 뭐라고요?

다들 마카베의 말에 당황한다.

마카베 봐요. 제가 그랬잖아요. 믿기지 않는 기현상 앞에서 사람은 두 종류로 나뉜대요. 있을 수 없는 일이라며 적당한 근거를 갖다붙여서 넘기는 사람, 아니면 기적이 있다고 믿는 사람. 우린 엄청난 걸 목격했어요. 왜 자기 눈으로 본 걸 안 믿어요?

사와무라 …그러게요.

요코미치 좋아요. 가설을 세우는 것도 자유죠. 뭔가 힌트가 될 수도 있으니까요.

닛타	아무리 그래도 초능력은 좀.
마카베	저 장난으로 하는 얘기 아니에요. 그리고요, 그냥 가설로 들어주시면 돼요. 한심해 보이시겠지만.
닛타	…그럼 그 사람이 자기 동생 지키는 데에 제 아내가 희생당했다는 거네요?
마카베	네.
요코미치	그분은 어떻게 그런 초능력이 있을까요?
마카베	지금 그 사람한테는 어떤 힘이 비축되어 있어요.
사와무라	그거 제목이 뭐였죠? 미국 만화 중에,
마카베	네, 그런 거라고 생각하셔도 돼요. 만약에 그 힘을 증명해내기만 하면 이 사고는 굉장히 단순해져요. 이것만이 아니에요. 여태 요코미치 씨가 원인을 찾지 못했던 사고들이 전부 다 해결될지도 몰라요.
요코미치	아, 네, 그럼 그 사람이 수퍼 히어로 같은 사람이라 치고, 그게 원인이라면 그 사람은 그 사실을 숨기고 있단 얘기네요.
마카베	아니요, 그 사람은 아마 모를 거예요.
요코미치	음, 그게 무슨 말이에요?
마카베	이런 사람을 '도미노'라고 하거든요. 들어본 적 있어요?

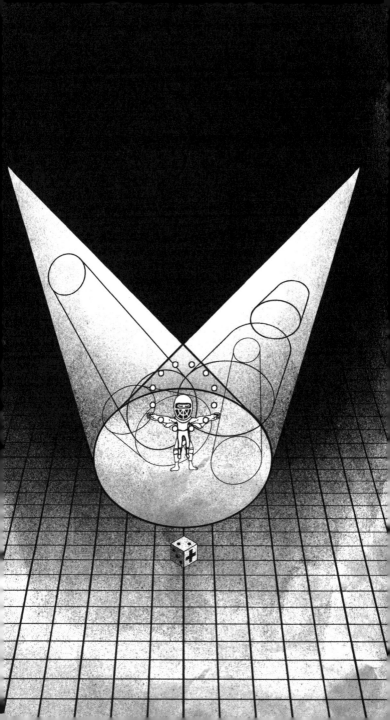

요코미치	도미노.
마카베	못 들어봤어요?
사와무라	도미노면, 그 도미노요?
마카베	네, 그 도미노에서 따온 말인데 검색하면 바로 나와요. 도미노 이론 쳐보세요.
사와무라	…도미노.
마카베	도미노가 뭐냐면, 뭐든 다 자기 마음대로 되는 거예요. 그런데 본인은 그걸 몰라요. 자기가 평소에 이랬으면 좋겠다 싶은 게 도미노의 힘으로 저절로 실현되거든요. 자기가 한 건 줄 모르니까 뭐라 그럴 수도 없어요. 그러니까 주변 사람들은 뭐가 되겠어요? 그냥 그 사람 들러리가 되는 거예요. 불공평하죠? 그런데 이 세상은 그런 시스템으로 굴러가요. 이 동네는 지금 사몬 모리오를 중심으로 돌아가고 있어요.
요코미치	그래도 만약 그게 진짜면 주변에서 알겠죠.
마카베	도미노는요, 긴 호흡으로 움직여요. 일주일, 한 달, 1년. 세상이 모순되지 않게 천천히 결과를 내요. 그러니까 아무도 알 수가 없어요.
사와무라	그럼 만약에 하늘을 날고 싶다고 빌면 어떻게 돼요?
마카베	진심으로 그런 소원 비는 사람이 있어요? 맨

몸으로 하늘을 날고 싶다고 진심으로 바란다
고요? 사람들이 바라는 건 어차피 다 상식에
서 안 벗어나요.

요코미치 그럼 도미노는 작은 신이네요.

마카베 유효기간이 있는 신이죠. 우리 사회에 매 순
간 일정 수가 존재한다고 봐요. 옛날에 친구
중에 3년 정도 운이 되게 좋았던 놈이 있었거
든요. 걔도 분명 그때 도미노였을 거예요. 증
거는 못 찾았지만.

닛타 그건 알겠는데 그럼 사고는 어떻게 된 거예
요? 상식에서 벗어났잖아요.

마카베 도미노는 마음의 강도에 비례해요. '도미노
한 개'라는 말이 있어요. 시작한 순간 끝. 소
원을 비는 순간 이미 결과가 나와요. 속된 말
로 '기적'이죠. 우린 그걸 본 거예요. 그 사람
은 우리 눈앞에서 '도미노 한 개'를 선보인 거
예요. 동생을 지키고 싶은 절실함 때문에.

요코미치 이번 사고가 그 경우라고요? 그럴까요? 증명
할 수 없다면 저는 좀.

마카베 증명할 수 있어요. 이번이 도미노의 존재를
증명할 수 있는 기회예요. 도와주세요. 당연
히 안 믿기시겠죠. 그런데 다들 봤잖아요. 그
거 기적이었잖아요. 사몬 모리오를 감시해야

돼요. 그 사람이 바라는 것들이 어떻게 도미노의 힘으로 실현되는지 관찰해서 기록할 거예요. 아직 아무도 하지 않은 일이에요. 닛타 씨, 이거 증명만 되면 보험금이 나올지도 몰라요.

요코미치 아니, 그건 장담 못 해요.

닛타 (웃음) 참나, 바로 그렇게 빠져나가시네.

사와무라 그런데 기적이 있다고 믿는 게 더 멋진 거 같아요, 저도.

마카베는 분위기가 묘해진 것을 느끼고, 다소 흥분했던 것을 후회한다.

마카베 사몬 모리오 씨는 학원에서 제일 잘나가는 강사예요. 아셨어요? 역 앞에 입시학원 있잖아요. 개별 지도를 메인으로 하는데 최근 2년 동안 그 사람의 학생은 거의 전원 원하는 학교에 붙었어요. 갑자기요. 그 전에는 별 성과도 못 내던 사람이. 요즘엔 취미로 소설을 써서 인터넷에 올리는데 조회수가 꽤 나와요. 지난주에는 지갑을 잃어버렸는데 없어진 거 하나 없이 돌아왔대요. 갑자기 우연히 중학교 동창들도 줄줄이 만나고 하루하루 재밌게 살아요. 이러면 제가 뭐 하는 놈인가 싶죠? 상관없어요. 이 정도 정보는 블로그, 트위터, 페이스북만 보면 누구나 알 수 있어요. 그냥 얼핏 보면 열심히 사는 사람이구나 할 수 있어요. 그런데 도미노라는 관점으로 보면 달라지죠. 그 사람 주변 사람들은 자유를 침범당한 거니까요. 어떻게 생각하세요? 사몬 모리오, 감시해야 될 것 같지 않아요?

사와무라 감시는 좀…. 그리고 그분은 진심으로 학생들 합격을 바랐다는 거잖아요. 좋은 거 아니에요?

마카베 역으로 생각하면, 원래 합격했어야 할 누군가는 울고 있을지 모르죠. 그 사람은 자기 동생을 살렸어요. 대신 닛타 씨 아내 분은 중환자실에 계세요.

사와무라 ….

마카베 그런데 만약에요, 사몬 모리오가 닛타 씨 아내 분을 진심으로 걱정한다면 아내 분은 살수 있을지 몰라요.

닛타 저기요, 말조심해요.

도로 맞아요. 그렇게 쉽게 말할 일은 아니에요. 그리고 그런 얘기 듣고서 바로 그런가 보다 하고 믿을 사람이 어디 있겠어요.

요코미치　마카베 씨, 아무리 가설이라도 그건 아닌 것
　　　　　같아요. 감시라뇨. 그러다 잡혀가요. (웃음)
　　　　　특이하신 분이네요, 마카베 씨.

닛타, 사와무라, 도로는 은근히 요코미치에게 동조하며
맞장구의 의미로 미소 짓지만 속으로는 마카베가 한 말
에 호기심이 생긴다.

요코미치　그럼 오늘은 이만하죠. 수고 많으셨습니다.

모두 나가고 마카베 혼자 멈춰 서성인다.

2

▲

짧은 장면들이 이어진다. 각 장면이 시간 순서로 연속되는 것은 아니다.
무대 위에 남아 있던 마카베가 이 장면들을 보고 있다.
저녁. 입시학원 근처. 요이치를 기다리던 이즈미가 막 퇴근하는 모리오를 만난다.

모리오   어?

이즈미   아, 지난번에 감사했어요.

모리오   요이치 기다리는 거예요?

이즈미   네.

모리오   좋겠다. 평일 데이트라. 그런데 일찍 오셨네요. 회사에서 정시 퇴근 하나 봐요.

이즈미   오늘은요. 원래는 야근이 보통이에요.

모리오   그쵸. 그런데 왜 여기서 기다려요?

이즈미   학원 앞이면 학생들이 볼까 봐 부끄럽대요.

모리오	걔는 뭘 그런 걸 신경 쓰고. 나 같으면 여자친구 자랑하고 싶을 것 같은데.
이즈미	아니에요. 저도 신경 쓰여서요.
모리오	그래요? 그렇구나.

요이치가 온다.

요이치	미안. 많이 기다렸어?
이즈미	전혀.
모리오	내가 대신 같이 기다려드렸어.
요이치	2분 전에 나가는 거 봤거든?
모리오	하하. 난 간다. 좋은 시간 보내. 오늘은 혼자 먹어야겠구나. 외로워라. 갈게.
요이치	잘 가.
이즈미	안녕히 가세요.

모리오는 퇴장한다.

이즈미	같이 먹자고 할걸 그랬나.
요이치	그건 아니지.
이즈미	말이라도.
요이치	아니야, 그럼 정말 따라와, 우리 형은.
이즈미	그래?

요이치	그럴 사람이야.
이즈미	순진하시네?
요이치	순진한 게 아니라 직진밖에 모르는 사람이야. 좋은 의미로.
이즈미	순수한 건가?
요이치	순수랑은 다른 거 같은데 기본적으로 긍정적인 사람이지.
이즈미	아, 그래서 학생들도 그렇게 따르는구나. 인기 많지?
요이치	응, 그런데 너무 애들 하자는 대로 하니까, 노래방까지 가는 거 보면 난 좀 그래.
이즈미	어? 여학생들이랑?
요이치	응.
이즈미	그건 좀 아니다.
요이치	아무튼 애들을 잘 챙겨.
이즈미	흠, 갈까? 보내준 가게 봤는데 느낌 좋던데?
요이치	그치?
이즈미	가본 적 있어?
요이치	없어. 누가 추천해준 데야.
이즈미	누가?
요이치	형.
이즈미	역시.

그날 밤. 사몬 형제의 집. 모리오와 요이치가 있다.

모리오　이즈미 씨랑 잘되는 거 같아?

요이치　응, 그럭저럭.

모리오　다행이다. 너한테 그런 여자친구가 생길 줄 이야.

요이치　그러게 말이야.

모리오　너한테 그런 미인이.

요이치　형 덕분이지.

모리오　나는 등 떠밀어주기만 했지. 네 실력이야.

요이치　그런가.

모리오　너한테 부족한 건 약간의 용기밖에 없어. 연 애는 마음을 강하게 먹어야 돼. 실패를 두려 워해선 안 돼. 특공정신 명심해.

요이치　하하. 아무튼 고마워.

모리오　나도 너한테 여자친구가 생겨서 기뻐. 진도는 많이 나갔어?

요이치　아니, 전혀.

모리오　힘내. 모르는 거 있으면 뭐든 물어보고.

요이치　응, 잘 자.

다른 날. 거리, 점심. 도로가 모리오에게 말을 건다.

도로	안녕하세요.
모리오	네.
도로	안녕하세요.
모리오	네. (도로를 못 알아보고 있다.)
도로	지난번 교통사고—
모리오	아아아아아, 네, 안녕하세요.
도로	안녕하세요.
모리오	그때 그 사고⋯.
도로	네, 기억나시나 보네. 다행이에요.
모리오	죄송해요. 정신이 없어서. 이상한 사고였죠, 그때.
도로	네, 그래도 동생 분이 안 다치셔서 다행이에요.
모리오	아, 그렇게 말씀해주셔서 감사하네요. 제 동생이 꼭 나쁜 사람처럼 되어버려서. 아니, 동생이 잘못한 건 맞는데요.
도로	그런 건 사람이 어쩔 수 있는 게 아니죠.
모리오	맞아요.
도로	직장이 이 근처인가 보죠?
모리오	저 학원이에요.
도로	아아, 선생님이세요?
모리오	네, 뭐.
도로	정말 우연이네요. 저 지금 막 등록하고 오는

길이거든요.

모리오 네?

도로 사회인 코스 집중 강좌요. 이 나이에 쑥스럽지만 다시 공부 좀 해보려고요.

모리오 대학 준비하세요? 좋죠. 요즘 사회인 수험생 분들이 많아졌어요.

도로 선생님은 무슨 과목 가르치세요?

모리오 아유, 선생님이라뇨. 전 국어랑 논술이요.

도로 아, 저 논술 수업 들을 건데.

모리오 정말요?

도로 아, 죄송해요. 제가 갑자기 시간 빼앗아서.

모리오 괜찮아요. 점심시간이거든요.

도로 혹시 아직 안 드셨으면 같이 점심 어떠세요?

모리오 아아….

도로 저기 얼마 전에 태국 요릿집이 새로 생겨서 가볼까 했거든요.

모리오 잘 생각하셨어요. 요즘 제가 제일 좋아하는 집이거든요. 갈까요, 그럼?

다른 날. 병원. 아내를 보러 온 닛타는 근무 중인 사와무라를 만난다.

사와무라 면회 오셨어요?

닛타	진짜 간호사셨네요.
사와무라	왜요?
닛타	아니, 저 매일 오거든요.
사와무라	이쪽 병동에는 거의 올 일이 없어요.
닛타	아아.
사와무라	좀 어떠세요?
닛타	똑같죠, 뭐. 그래도 계속 말 걸어주는 게 중요한가 보더라고요.
사와무라	맞아요. 말을 못 하시더라도 들을 수 있는 경우가 있거든요. 포기하지 마세요.
닛타	맨날 저 혼자 말해요.
사와무라	계속 믿는 수밖에 없어요. 힘내요, 우리. 저도 이따가 얼굴 뵈러 갈게요.
닛타	얼굴도 거의 안 보이는데요, 뭐.
사와무라	저기, 보험회사에선 무슨 얘기 없어요?
닛타	전혀요. 요코미치 씨가 애써주시기는 하는데.
사와무라	그래요? 도대체 뭐였을까요, 그때 그건.
닛타	…그때 그 사람, 참 이상했죠?
사와무라	아아, 저 깜짝 놀랐었어요.
닛타	무슨 소린가 싶더라니까요.
사와무라	그러게 말이에요…. 그런데 저 집에 가서 검색해봤어요. (웃음) 도미노.
닛타	하하… 저도요.

사와무라 (웃음) 정말요?

닛타 네. (웃음)

사와무라 정말 있더라고요. 아셨어요?

닛타 아니요.

사와무라 자세히는 안 나와도 이번 사고 얘기도 누가
썼던데요? 그 사람이겠죠, 그거?

닛타 가십거리나 만들고. 짜증 나 죽겠어요.

사와무라 그러게요.

사이.

닛타 그럼 그만 가볼게요.

사와무라 얼른 회복되시길 빌게요.

다른 날. 커피숍. 모리오와 도로가 이야기를 나누고 있다.

도로 모리오 씨, 소설 재밌게 읽었어요.

모리오 어, 정말요? 감사합니다.

도로 그거 무료로 올려놓으면 아깝지 않아요?

모리오 제가 그냥 블로그에 올린 건데 돈 내라고 하
면 누가 읽겠어요.

도로 그런가? 아까운데. 어디 공모전이라도 내보
시지. 아니면 출판사에 가져가보셔도 좋을 거

같은데.

모리오 말씀 감사하지만 그 정도까진 아니에요.

도로 글쎄요, 모리오 씨는 좀 더 자신의 가능성을
믿는 게 좋을 거 같아요.

모리오 (웃음) 그런가요?

도로 네, 진심으로 소설가가 돼야겠다고 생각하신
적은 없으세요?

모리오 어렸을 땐 있었죠. 원래는 소설가가 꿈이었어
요. 그런데 알바로 학원 강사 하던 게 본업이
됐어요. 사는 게 다 그렇죠.

도로 그럴까요? 그래도 40, 50에 데뷔하는 작가도
있으니까 포기하지 마세요. 진심으로 바라면
이루어져요.

모리오 뜨거운 분이셨네요, 도로 씨.

도로 네.

모리오 안 그렇게 생기셨는데.

도로 생긴 거는 상관없죠.

모리오 그쵸.

다른 날. 거리. 모리오와 도로, 요이치와 이즈미가 만난다.

모리오 기억나시죠. 동생 요이치, 그리고 동생 여자
친구 이즈미 씨예요.

요이치	안녕하세요. (이즈미도 가볍게 고개 숙여 인사한다.)
도로	도로라고 합니다. 모리오 씨를 우연히 만나서요.
모리오	정말 우연히. 거기다 우리 학원 사회인 코스를 등록하셨더라고.
요이치	저도 거기 사무실에서 알바하는데 앞으로 뵐 수도 있겠네요.
도로	아아, 그러세요?
모리오	아니, 소설이나 영화도 취미가 너무 잘 맞아.
도로	네, 그런데 죄송해서 어쩌죠. 오늘 제가 방해가 된 거 같은데.
요이치/이즈미	아니에요, 전혀.
모리오	자자, 갑시다, 갑시다.

모리오는 요이치와 이즈미를 데리고 걸어간다. 도로는 그 자리에 남는다.

장면 안에서 사와무라, 닛타, 요코미치가 마카베에게 다가와 마카베와 같은 방향을 본다.

모두 마카베의 집에 모여 모리오를 관찰한다.

3

▲

마카베의 집. 마카베, 사와무라, 닛타, 요코미치가 있다.
다 같이 녹음된 도로와 모리오의 대화 내용을 듣고 있다.
감시가 시작된 것이다.
도로는 앞 장면에 이어 마카베 일행에 합류한다.

마카베   (박수 치며) 훌륭하신데요, 도로 씨? 친구 다
          되셨네요.

도로   네, 저 괜찮았어요?

마카베   괜찮고 말고요. 남우주연상 감이에요.

도로   진짜요?

마카베   아, 주연은 모리오니까 남우조연상도 괜찮으
          세요?

도로   저야 뭐든 좋죠.

마카베   잘하셨어요.

도로   모리오 씨 취미를 철저하게 조사한 보람이 있

없어요.

닛타 …진짜로 감시하는 거예요?

마카베 네.

요코미치 이거 도청한 거죠? 이건 좀, 이러면 안 될 거 같은데.

마카베 그럼 왜 지금 여기 계세요? 다들 결국 궁금해서 온 거잖아요.

요코미치 도로 씨는 도미노를 믿으세요?

마카베 아니, 믿고 말고가 아니라 모르는 거잖아요. 모르니까 이렇게 실험을 하는 거고요. 이게 한심해 보이면 도미노가 없다는 증거를 대보세요. 전 거짓말은 한마디도 안 했어요. 가설을 검증하자고요. 내가 못 믿겠다고 남의 노력을 다 쓸데없는 짓으로 치부할 권리는 없죠. 세상에 기적이 없다고 믿으시면 그냥 그러고 사세요. 그런데 믿어보려고 하는 사람 발목은 잡지 마시라고요.

도로 자자… (요코미치에게) 결론이 도미노가 없다고 나와도 별로 손해 볼 것도 없잖아요.

사와무라 그런데 도로 씨, 도미노 힘으로 대학에 붙으면 그게 무슨 의미가 있겠어요?

도로 아, 저 진심으로 대학 생각 있어서 다니는 거 아니에요. 모리오 씨한테 접근하려고 다니는 거예요.

사와무라 아, 그런 거였어요?

도로 네, 다른 방법이 안 떠올라서요.

사와무라 돈 많이 쓰셨네요.

도로 저도 깜짝 놀랐어요. 수업이 한 타임에 90분 인데 만오천 엔이나 하더라니까요.

닛타 고급 살롱도 아니고.

도로 집중 강좌는 12만 엔이에요.

마카베 무서운 데네.

사와무라 그런데 실험은 뭘 하시는 거예요?

도로 그게요….

마카베 제가 말씀드릴까요? (도로가 끄덕인다.) 도로 씨는 HIV 보균자예요. 할 일은 간단해요. 도 로 씨는 모리오와 친해진 다음, HIV에 대해 고백할 거예요. 모리오가 도로 씨를 진심으로 걱정해주면 뭔가 영향이 생기겠죠.

닛타 HIV면 에이즈요?

사와무라 발병하면 에이즈예요.

닛타 정말이에요, 도로 씨? 어쩌다 에이즈에 걸렸 어요?

요코미치 그만하세요.

사와무라 정말이에요?

도로 네.

사와무라	그래도 옛날처럼 무서운 병이 아니에요, HIV 는.
도로	뭐, 그렇죠. 그런 거 같더라고요.
사와무라	언제 아셨어요?
도로	반년 됐어요.
사와무라	바이러스는 없애지 못해도 발병되지 않게 하는 약은 나와 있으니까요. HIV를 만성질환이라고 하는 의사들도 있어요.
도로	그래도… 무서워요. 불안하거든요.
사와무라	…네.
마카베	바이러스를 없애는 방법은 아직 없어요. 실험을 위해 이런 부탁을 드린 건 죄송해요.
요코미치	그렇게 말하면 안 되죠.
마카베	이거 도로 씨가 먼저 제안하신 거예요.
요코미치	그러셨어요?
도로	네, 상담받으러 다니는 것보다 마음이 편해요. 꿈같은 얘기여도 희망이 있잖아요.
사와무라	모리오 씨가 바라면 병이 낫는다고요?
도로	네, 우선은 그렇게 믿고 해보려고요.
요코미치	플라시보 효과로 HIV가 나을까요?
마카베	안 낫죠. 그런데 만약 낫는다면 그건 플라시보가 아니라 다른 힘이 있다는 거잖아요. 그걸 증명하는 실험이에요.

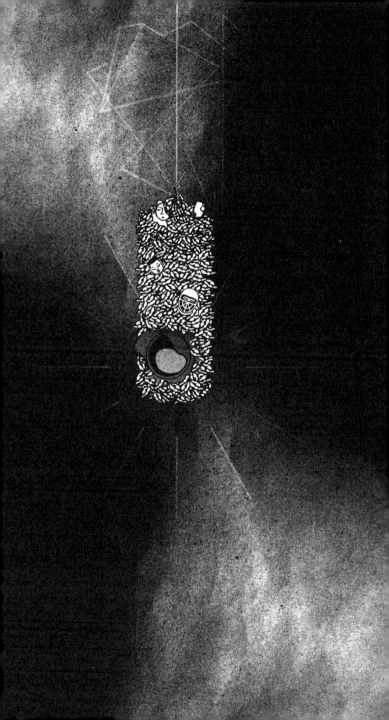

사이.

사와무라   닛타 씨, 모리오 씨한테 아내 분 병문안을 와 달라고 해보는 건 어떨까요?

닛타   ….

사와무라   조금이라도 가능성이 있으면 해보는 게 좋잖 아요.

닛타   가능성이 있을까요?

사와무라   그건 해봐야 알죠. (마카베에게) 그쵸?

마카베   네, 그런데 닛타 씨 잘할 수 있겠어요? 모리 오랑 우선 관계를 잘 만들고 차근차근할 수 있겠어요? 게다가 지금은 도로 씨가 하고 있 는데 닛타 씨까지 접근하면 좀 부자연스러울 수 있어요.

사와무라   사고 관계자이고, 병문안 와달라고 하는 건 그렇게 부자연스럽지 않을 거 같은데.

마카베   아니, 조금 시간을 두고 하는 게 좋을 거 같아 요.

사와무라   빨리하는 게 좋을 거 같은데.

요코미치   (도로에게) 실제로 어때요? 사몬 모리오 씨 가 특별한 사람 같아요?

도로   뭐라고 해야 할지. 그냥 평범한 직장인이에 요. 사람이 꽤 괜찮더라고요.

요코미치 도미노라는 느낌은 없고요?

도로 있는 거 같기도 하고, 단순히 운이 좋은 건지, 우연의 일치인 건지, 판단이 안 서요.

요코미치 예를 들면요?

도로 예를 들면, 이건 좀 그렇지만, 모리오 씨 앞에 선 자꾸 치마가 펄럭여요.

요코미치 …지금 뭐라 그랬어요?

도로 그런 게 아니라요, 진짜 불쾌하게 하려고 한 게 아니라, 모리오 씨랑 같이 있을 때 신기했던 게 앞에 치마 입은 사람이 있으면 꼭 바람이 불더라고요. 저는 살면서 이렇게 남의 속옷을 본 적이 없어요.

요코미치 대단한 능력이네요.

도로 다른 것도 있어요. 전철역에서 표를 사려고 하면 판매기에 누가 놓고 간 거스름돈이 있던 적도 있고요. 같이 전철을 타면 두 자리가 꼭 비어 있어요. 급해서 택시를 타면 도착할 때까지 한 번도 신호에 안 걸려요. 그래도 여기까진 있을 수 있는 일이죠. 그런데요, 한심해 보이시겠지만, 눈앞에서 치마가 펄럭이는 횟수는 우연의 영역을 초월해요. 그런데 그 사람한테는 그게 일상이에요. 그러니까 본인은 신경도 안 써요. 그런 사소한 게 오히려 저한

57

	테는 굉장히 부자연스럽게 느껴지더라고요.
마카베	성욕은 본능적인 거니까요. 그럴 수 있죠.
닛타	남자는 원래 치마를 보면 들추고 싶거든요.
요코미치	그건 또 이쪽 편을 드시네.
도로	뭐, 결정적인 증거로는 부족하지만요.
마카베	좋은 참고 자료가 됐어요.
요코미치	치마가 펄럭인다고요. (사와무라에게) 어떻게 생각하세요?
사와무라	들을 가치도 없는 얘기네요.
요코미치	그죠.
도로	그럼 전 가볼게요. 모리오 씨랑 약속이 있어요.
마카베	오늘도 잘 부탁해요.
요코미치	고생하시네요.
도로	아니에요. 처음엔 이상하게 힘이 들어갔는데 이젠 익숙해졌어요. 정말 친구 만나러 가는 기분이에요. 이렇게까지 남한테 빠져본 적이 있나 싶다니까요. 신기해요. 그럼 가볼게요.
마카베	잘 다녀오세요.

도로가 나간다.

사와무라   한 번밖에 본 적은 없지만, 도로 씨, 전보다 생기 있어 보이네요.

모두 그대로 다음 장면의 모리오 일행을 관찰한다.

4

짧은 장면들이 이어진다.

거리. 요이치와 이즈미가 걷고 있다.

요이치　　오늘 미안해. 모처럼 쉬는 날인데.

이즈미　　왜 미안해. 너무 재미있었어.

요이치　　정말?

이즈미　　응, 실은 나 자원봉사 처음 해본 거였거든.

요이치　　그렇구나.

이즈미　　부끄럽지만.

요이치　　아니야, 그게 당연해.

이즈미　　역시 넌 아이들 참 잘 다루더라.

요이치　　그냥 극단 일을 열심히 했었거든. 초등학교
　　　　　　돌면서 얌전히 못 앉아 있는 애들 담당도 했
　　　　　　었고.

이즈미　　저학년은 카오스지?

요이치	맞아. 오늘 본 그 선배가 같이 극단 했던 사람이야.
이즈미	아~ 극단 그만두고 이거 하시는 거야?
요이치	응, 이벤트 일 하면서 오늘 단체랑 같이 일한 적이 있었는데 그때 인연으로 여기서 일하게 된 거 같아.
이즈미	전혀 모르던 세계라 신선했어. 요이치, 너 오늘 좋아 보이더라.
요이치	뭐가?
이즈미	신나 보였어.
요이치	아, 그래? 신났었나? 하하.
이즈미	또 했으면 좋겠다, 아동극.
요이치	아니야, 안 돼. 나도 이제 서른이고.
이즈미	서른이 왜?
요이치	밥은 먹고 살아야지.
이즈미	형네 집에 살면서.
요이치	형한테 부담 주기 싫어.
이즈미	넌 너무 착해.

다른 날. 사몬 형제의 집. 요이치와 모리오가 있다.

모리오	자. (지갑에서 지폐를 꺼내 요이치에게 건넨다.)

요이치	월급 들어오면 바로 갚을게.
모리오	언제든 상관없어. 너 절대 대출은 받지 마라.
요이치	알았어.
모리오	요이치, 너 계속 알바만 할 거야?
요이치	왜?
모리오	너 마음만 있으면 정규직 되게 얘기해볼게.
요이치	아,
모리오	월급도 오르고 보험도 되니까.
요이치	어,
모리오	대신 일도 늘어날 거야. 학생들 진로상담도 해야 하고, 성적에 맞게 프로그램도 짜야 돼. 너는 성격도 좋으니까 그런 거 잘할 거 같은데.
요이치	그럴까?
모리오	너 당연히 공부도 많이 해야 돼. 학생들 인생을 좌우하는 일이니까.
요이치	응, 생각해볼게.
모리오	돈 많이 들어?
요이치	어?
모리오	이즈미 씨 때문에 돈 많이 들어?
요이치	아니.
모리오	데이트 비용은 남자가 다 내야 한다는 타입인가 싶어서. 있잖아, 그런 사람. 이거 사달라, 저거 사달라. 그런 사람은 나중에 꼭 지옥 갈

	거야. 그런 거면 빨리 헤어져.
요이치	아니야, 절대. 전혀 그런 사람 아니야.
모리오	그래?
요이치	일도 아주 열심이고, 난 대기업 종합직이라는 게 어떤 일인지 잘 모르지만, 많이 힘든 일 같은데 굉장히 바른 사람이야.
모리오	오, 훌륭한 사람이네.
요이치	그렇다니까. 어른스럽고, 예쁘고, 솔직히 왜 나 같은 걸 사귀는지 희한해.
모리오	(웃음) 자신감 좀 가져.
요이치	아직도 만나면 긴장돼. (쓴웃음)
모리오	야, 같이 맛있는 거 먹고 뜨거운 밤을 보내. 남녀 사이는 그거면 다 돼. 힘내.
요이치	응. …근데 형.
모리오	왜?
요이치	일 말이야.
모리오	정규직?
요이치	아니, 그건 너무 고마운데 나 따로 생각하는 게 있거든. 그게, 하고 싶은 일이 있어서.
모리오	하고 싶은 일?
요이치	선배가 같이 해보자고 해서. 갈 곳 없는 아이들 공부도 가르치고 상담도 해주는 NPO인데.
모리오	그건 자원봉사 아니야?

요이치	응, 그런데 거기 운영직이 있어.
모리오	월급은 나와?
요이치	당연히 나오지. 일인데.
모리오	응, 그래? 너 애들 좋아하니까. 그런데 학원에서 학생들 진로상담해주는 것도 거의 비슷한 일이잖아.
요이치	좀 다르지.
모리오	그래? 아니, 좋은 것 같아. 하고 싶은 일이 있다는 건. 그랬구나. 아니, 실은 벌써 원장 선생님한테 말씀드렸거든. 원장 선생님도 긍정적이었어. 널 좋게 보시더라. 그 NPO 일도 존중해. 그런데 조금만 더 생각해볼래? 월급 비교해보는 것도 중요하니까.
요이치	…그렇겠네.
모리오	네 인생이니까 당연히 네가 정해도 돼. 그런데 잘 생각해보고 결정해.
요이치	응, 알았어.

다른 날. 커피숍. 모리오와 도로가 있다.

도로	할 말 있다면서요?
모리오	네, 도로 씨는 행운을 부르는 사람이에요. 저번에 저더러 자신감을 가지라고 했잖아요.

도로	네.
모리오	제가 인터넷에 올린 소설을 읽고 문예지에서 청탁이 들어왔어요. 50매 단편이요.
도로	축하드려요. 하실 거죠?
모리오	네, 써보려고요.
도로	정말 잘됐어요.
모리오	조언 많이 부탁드려요.
도로	제가 무슨.
모리오	도로 씨 말은 믿음이 가거든요. 아~ 진짜 기분 좋네요. 제가 쓴 소설이 문예지에 실리다니 상상도 못 했어요.
도로	왜 상상 안 하셨어요?
모리오	네? 어휴, 당연하죠. 데뷔가 쉽나요?
도로	누구든 가능성은 있죠. 진심으로 바라느냐 아니냐 아니겠어요?
모리오	네에. …그러네요. 그렇게 말씀해주시니. 맞아요. 자기 가능성을 어디까지 믿느냐의 문제죠.
도로	맞아요.
모리오	지난번에 얘기 듣고 갑자기 그런 생각이 들더라고요. 어쩌면 내 소설이 재밌을지도 모르겠다.
도로	재밌어요. 더 자신감을 가지세요. 그럼 모리

오 씨는 뭐든 다 해낼 거예요.

모리오 …(웃음) 그건 아니죠, 도로 씨. 어떻게 그렇게까지…?

도로 네?

모리오 그냥 좀 이상해서요.

도로 …뭐가요?

모리오 도로 씨, 설마 뒤에서 뭐 꾸미신 거 아니죠?

도로 네?

모리오 이번 청탁 말이에요. 편집자랑 아는 사이 아니에요?

도로 아, 아니에요. 그런 거 없어요. 전혀. 절대.

모리오 아, 그럼 다행이고요.

도로 모리오 씨 실력이에요.

거리. 모리오와 도로가 있다. 조금 떨어진 곳에서 닛타가 그들을 보고 있다.

모리오와 도로는 닛타의 시선을 느낀다. 닛타는 가볍게 인사를 건네며 그들에게 다가온다.

닛타 안녕하세요.

모리오 안녕하세요. 그때 사고 때.

닛타 네, 맞아요. 기억하세요?

모리오 네.

닛타   (도로에게) 안녕하세요.

도로   안녕하세요.

모리오   …이 근처세요?

닛타   네? 뭐가요?

모리오   아, 댁이요.

닛타   아아, 네, 뭐.

모리오   아, 네.

닛타   뭐 하고 있었어요?

모리오   그냥….

닛타   아, 네.

모리오   저기, 어떻게 됐어요, 사고는?

닛타   아, 뭐, 조사 중이겠죠?

모리오   아, 아직 안 끝났어요?

닛타   안 끝나죠.

모리오   아, 그렇죠. 사모님은 괜찮으세요?

닛타   힘드네요. 아직도 의식이 안 돌아와요.

모리오   아직도요? 그래도 보험금은 나오겠죠?

닛타   글쎄요, 요코미치 씨한테 맡겨서.

모리오   상태는 좀 어떠세요?

닛타   차 유리에 얼굴을 박아버렸으니까요. 완전히
          뼈가 으스러졌어요. 얼굴 깁스라는 게 무시무
          시하더라고요. 꼭 좀 보셨으면 좋겠는데.

모리오   아….

닛타	기계들에 둘러싸여 있어요. 주렁주렁 튜브 달
	아놓고 억지로 살려놓은 거예요. 불쌍하죠?
모리오	…네, 그러네요.
닛타	한번 와주면 안 돼요?
모리오	아, 저요?
닛타	네.
모리오	아아, 네.
닛타	꼭 좀 봤으면 좋겠어요. 리얼하거든요. 눈물
	나요, 진짜.
모리오	아….
닛타	올 거죠?
모리오	네, 제가 힘이 된다면, 그쵸? (무심코 도로가
	맞장구쳐줄 것을 기대한다.)
닛타	언제 올래요? 저기, 연락처 하나 주실래요?

닛타는 허둥대며 냉정을 잃은 상태다. 닛타는 모리오를
붙잡는다.

모리오	저기요—
도로	닛타 씨, 그만 하세요—
닛타	꼭 봤으면 좋겠어서 그래요—
모리오	이거 좀 놓으세요—
도로	닛타 씨, 진정하세요—

닛타   방해하지 마요—

도로   이러시면 안 돼요—

위와 같은 말들이 오가며 세 사람의 분위기가 험해진다. 싸움이 되기 직전, 도로가 닛타 앞에 무릎을 꿇는다. 그를 진정시키려는 것이다.

도로   제발요, 닛타 씨. 그만하세요. 제발 부탁이니까 이러지 마세요. 저를 봐서요. 제발요.

닛타는 도로를 보고 냉정을 되찾고 자리를 떠난다. 모리오는 이 상황이 이해가 되지 않는다.

모리오   어? 뭐예요, 이거?

도로   …. (일어선다.)

모리오   잠깐만요. 이상한 거 맞죠. 저 무서워요.

도로   네, 아내 분 때문에 많이 힘드신가 보네요.

모리오   도로 씨, 왜 그랬어요?

도로   저는 그냥 좀, 어떻게든 해보려고.

모리오   저 사람이랑 아는 사이예요?

도로   아니요, 그때 한 번 본 게 다예요.

모리오   네에. …아, 심장 떨려.

도로   그죠.

모리오	도로 씨, 저 사람 알죠?
도로	왜요?
모리오	느낌이 그랬어요.
도로	아니에요.
모리오	왜 거짓말하세요? 그걸 모르겠어요? 아는 사람 맞잖아요.
도로	…아니에요.
모리오	왜 그러세요? 왜 숨겨요? 더 수상하잖아요. 내가 바보도 아니고, 딱 보면 알죠. 도로 씨랑 알고 지내면서 쭉 뭔가가 이상했어요. 나쁜 사람은 아닌 거 같으니까 아무 말 안 했던 거예요.
도로	…그러셨어요?
모리오	뭐 있는 거 맞죠? 저한테 뭐 숨기는 거 있죠?
도로	…. 네.
모리오	뭐예요? 그 사고랑 관련 있는 거예요?
도로	그건 지금은 말 못 해요.
모리오	왜요?
도로	모리오 씨한테 피해 가는 일은 아니에요. 누가 불행해지는 것도 아니고요.
모리오	그게 무슨 말이에요? 말해봐요.
도로	네, 전 아마 말할 거예요. 그렇게 말씀하시는데 말 안 할 순 없죠. 그러니까 오늘은, 죄송

하지만 그만 가볼게요. 죄송해요. 그냥 보내
주세요. 꼭 다시 연락드릴게요. 정말 죄송해
요. 죄송해요.

모리오 네?

도로는 뒷걸음치며 퇴장한다.

모리오 뭐라는 거야.

다른 날. 사몬 형제의 집. 이즈미가 찾아온다. 요이치가
집에 없어 모리오가 그녀를 맞이한다.

모리오 아, 미안해요. 요이치가 아직 안 왔는데. 안에
서 기다릴래요?
이즈미 그럼, 그럴게요.
모리오 들어오세요.
이즈미 실례할게요.
모리오 앉으세요.

이즈미는 앉는다.

모리오 요이치랑은 어때요?
이즈미 그냥, 좋아요.

모리오	고민 있으면 뭐든 말해요. 걔에 대해 모르는 거 없으니까.
이즈미	사이가 좋으시네요, 형제끼리.
모리오	우리 둘밖에 없으니까요. 아, 들으셨죠? 저희 부모님….
이즈미	네, 들었어요.
모리오	그래서 제가 부모 역할도 좀 대신하고 그랬어요.
이즈미	믿음직스러운 형이시네요.
모리오	아니에요. 저는 어떻게 자리를 잡았으니까 이제는 동생이 자리를 잘 잡기 바라는 거죠. 애가 우유부단하잖아요. 알죠?
이즈미	(웃으며) 알아요.
모리오	걘 너무 착해요. 그게 약점이에요.
이즈미	그런데 그게 약점일까요? 저는 장점 같은데.
모리오	어, 그래요?
이즈미	네, 저는 그래요.
모리오	그래요? 네, 음, 그렇게 말해주니까 좋네요. 너무 좋아요. 이즈미 씨 같은 분이 요이치 여자친구라는 게요. 좋은 분이셔서 너무 좋아요.
이즈미	네에.
모리오	일도 아주 열심히 한다면서요? 벌써 관리직 후보라니. 대단해요.

이즈미	아니에요.
모리오	기대받는 위치인 거잖아요, 회사에서. 여성이. 대단한 거죠. 거기다가 미인이시고.
이즈미	하하.
모리오	미인이고, 능력 있고. 세상 참 불공평해요.
이즈미	아니에요. 갑자기 미인이 왜 나와요?
모리오	이상했어요?
이즈미	네, 이상해요.
모리오	그래요? 그런데 나쁜 얘기도 아니잖아요.
이즈미	그만하세요.
모리오	(웃으며) 미안해요. 알았어요. 요이치가 올 생각도 안 하니까 차 한잔 끓여올게요.

5

마카베의 집. 마카베, 도로, 사와무라, 닛타, 요코미치가 있다.

마카베 왜 멋대로 모리오를 만났어요?

닛타 우연히 본 거예요.

마카베 그래도 말까지 걸 필요는 없잖아요.

닛타 얼굴도 아는 사이인데 왜 안 돼요? 모른 척 지나가는 게 더 이상하지.

마카베 기다리라고 했잖아요. 모른 척하라고요.

도로 아니면 잘 좀 하시든가요. 여태 쌓아온 거 다 날리게 생겼어요, 닛타 씨.

닛타 죄송해요.

마카베 아내 분 살리고 싶죠? 모리오 눈 밖에 나면 좋을 거 없다고요. 싫은 사람 가족을 누가 걱정해요? 역효과만 나지. 이제 모리오 머릿속에 닛타 씨가 박혔어요. 난 몰라요.

닛타   뭐 어때요. 이제부터가 중요하죠.

마카베   저기요, 싫은 사람한테 호감 사려고 노력하는
사람 봤어요? 못 봤죠. 서로 싫어할 일만 남
았어요. 그런 게 결과적으로 도미노 힘으로
작용하는 거란 말이에요.

닛타   네?

마카베   봐요. 도로 씨는 처음에는 딱히 모리오를 안
좋아했잖아요.

도로   목적이 따로 있었으니까.

마카베   그런데 지금은 누가 시키지도 않았는데 모리
오가 좋은 사람이래요. 도로 씨가 노력했으니
까 모리오는 조금씩 도로 씨한테 호감을 느껴
요. 그러면 당연히 모리오도 도로 씨 호감을
사고 싶겠죠. 그 마음이 도로 씨 마음에도 영
향을 미쳐요. 알겠어요? 도미노랑 관계를 맺
으면 안 돼요. 걔가 닛타 씨를 인식했다는 건
닛타 씨 마음속까지 그놈 영향 아래 놓인다는
거예요. 자유롭게 살고 싶으면 도미노를 만나
면 안 돼요.

도로   …음, 그런데 진짜로 모리오 씨는 좋은 사람
이에요.

마카베   이것 봐요. 좋은 사람이 뭔데요? 지금 한 말

진심이에요?

도로 아니, 특별한 의미가 있는 건 아니고.

마카베 미안한데 그거 진심 아니에요. 모리오가 그렇게 생각하게 만든 거예요.

도로 그런가. 그래도 미워할 이유도 없으니까요.

마카베 미워할 이유 없으면 다 좋은 사람이에요?

도로 (웃음) 왜 그러세요?

마카베 뭐가요? 불쌍해서 그래요. 뭐, 됐어요. 도로 씨는 일단 에이즈를 고쳐야 되니까. 아무튼 알았어요, 닛타 씨? 모리오가 닛타 씨를 수상하게 여기고 있어요. 그럼 여기 있는 우리 전부 의심받아요. 그 사고 관련자들이니까. 무슨 말인지 알죠?

닛타 네.

마카베 아내 분 살리고 싶죠?

닛타 네, 살리고 싶어요.

마카베 그럼 내 말 좀 들어요. 못 믿겠으면 빠져도 되니까 방해만 하지 마세요.

사와무라 너무 화내지 마세요. 저기요, 모리오 씨한테 병문안 부탁하는 건 저나 도로 씨가 하는 게 더 나을 것 같아요.

마카베 닛타 씨는 당분간 모리오 만나지 마세요. 그럼 사와무라 씨한테 부탁드릴게요.

도로	…그럼, 전 어떡할까요? 너무 시간을 끌면 의심할 텐데.
마카베	그러게요. 지금쯤 궁금해 미칠 텐데. 그럼 피할 수 없어요.
도로	때가 온 건가.
사와무라	자신 있어요?
도로	모르겠어요. 그래도 서로 신뢰는 형성됐다고 봐요. 이런 생각이 드는 것도 도미노 힘일까요?
마카베	그럴지도 모르죠.
도로	정말 내가 느끼는 거 같은데.
마카베	지금 모리오 영향을 제일 많이 받는 사람이 도로 씨예요. 고백할 결심을 한 것도 이미 도미노가 쓰러졌기 때문일 수 있어요.
도로	앞으로 제 운명은 모리오 씨를 만나서 고백하는 거죠?
마카베	그렇죠. 무조건 잘 얘기하세요. 도미노 얘긴 하지 말고 HIV에만 집중하세요.
도로	모리오 씨가 절 불쌍하게 봐줄까요?
마카베	지금까지로 봐선 에이즈 환자에 대한 차별의식은 없는 것 같은데. 뭐, 그 정도 교양은 있겠죠. 좋은 사람이라면서요?
도로	네, 그래도 만약에 저를 거부하면 어쩌죠?

마카베	최악이죠. 그놈 안에 있는 HIV에 대한 부정적인 이미지가 도로 씨 안으로 점점 유입돼서 발병 시기를 앞당길 거예요.
도로	그런 말은 안 했잖아요.
마카베	했어요. 두 분이 친해지는 게 일단 전제고, 그 다음은 모리오 소양에 달렸다고.
도로	….
사와무라	미리 HIV에 대한 강의라도 해둘까요?
마카베	이제 와서요?
사와무라	이상할까요?
마카베	너무 뜬금없죠.
사와무라	요즘은 학교에서도 많이 하는데, 괜찮을까 모르겠네.
요코미치	(닛타에게) 학교에서 배웠어요?
닛타	기억에 없는데요.
마카베	…(웃음) 처음엔 그렇게 의심했으면서. 만약에 도미노 얘기가 전부 가짜면 다 상관없는 얘기예요. 기적도 안 일어나고요. …어떡할래요, 도로 씨는?
도로	…모리오 씨는 괜찮을 거 같아요. 꼭 동정해 줄 거예요.
마카베	그럼 됐네요. 예정대로 가죠.

사이.

닛타   저기, 제 생각에는 도미노 얘기도 하면 어때
                     요? 당신이 도미노니까 부탁 좀 하자고요.

마카베   말도 안 돼.

닛타   왜요? 난 말할까 했는데.

마카베   저기요, 하나도 모르시네.

닛타   그럼 훨씬 빠르잖아요. 도로 씨처럼 빙 둘러
                     갈 필요 없이.

마카베   생각 좀 해보세요. 자기가 도미노인 줄 알면
                     어떻게 되겠어요?

요코미치   일단 안 믿을 거 같은데요.

마카베   저기요, 몇 번을 말해요. 우선은 도미노를 안
                     믿으면 더 할 말도 없어요. 우린 일종의 시험
                     에 든 거예요. 모리오가 도미노인지 아닌지
                     모르겠지만 우선은 믿어야 돼요. 믿어야 힘을
                     끌어낼 수 있어요.

닛타   그거 신 아니에요? 이게 기도하는 거랑 뭐가
                     달라요?

요코미치   생각해보니까 신한테 도움받은 적이 한 번도
                     없네요.

마카베   진심으로 믿지 않았으니까 그렇죠.

요코미치   마카베 씨, 자꾸 그러니까 종교 같아요. 도미

노교.

마카베   저기요, 모리오가 힘을 발휘하려면 걔가 진심
이어야만 해요. 걔가 진심으로 원해야 돼요.
그래서 이렇게 공을 들이고 있는 거잖아요.

닛타   그러니까 그 힘 이렇게 쥐어짜지 말고 본인이
직접 자유롭게 쓸 수 있게 말하자고요. 그런
다고 힘이 닳는 것도 아니고.

마카베   저기요, 닛타 씨는 모르는 사람이 도와달라고
하면 도와줘요?

닛타   그럼요.

마카베   진심으로?

닛타   진심? 그쵸. 진심이죠.

마카베   그건 진심이 아니라 양심이죠.

닛타   네?

마카베   부탁받아서 하는 거잖아요. 도미노는 누가 부
탁한다고 되는 게 아니에요. 문제는 도미노의
힘이 모리오의 무엇에 반응하느냐죠.

도로   양심 아닐까요?

마카베   아니요, 양심은 언제든 버릴 수 있어요. 하지
만 본능은 어쩔 수가 없는 거예요.

도로   그럼 모리오 씨가 마음 깊은 곳에서 본능적으
로 제 생각을 해줘야만 하는 거네요.

마카베   그렇죠. 그래서 이렇게 노력한 거잖아요. 닛

타 씨도 제발요.

닛타 됐어요. 그러니까 그놈이 진심으로 마음먹으면 된다는 거잖아요. 극단적인 얘기로, 납치해서 가둬놓고 칼 들이밀면 되는 거잖아요. 내 말대로 안 하면 죽일 거라고 하고요. 그럼 본능적으로 시키는 대로 하겠지. 소 젖 짜는 거랑 똑같아요.

요코미치 (웃음) 소 젖?

마카베 닛타 씨, 제정신이에요?! 만약에 모리오가 자기한테 무슨 힘이 있는지 알면 무서울 게 뭐가 있겠어요? 믿는다는 게 얼마나 큰 힘인데 그럼 어떻게 되겠어요? 다들 바라는 건 많아도 속으론 불가능한 거 알잖아요. 꿈이 어쩌고 그래 봤자 솔직히 그거 얼마나 간절해요? 모리오도 지금은 괜찮아요. 안 될 거란 생각도 반은 있으니까. 그런데 정말로 원하는 대로 다 된다고 믿으면 어떻게 되겠어요? 뭐든 다 돼요. 진심이 나오겠죠. 누구든 안 그러겠어요? 진심이고 본능이고 결국 욕망이에요. 도미노는 욕망에 반응한다고요. 틀림없어요. 모리오가 자기 욕망대로 도미노 쓰러뜨리기를 시작하면 어떻게 될 거 같아요? 소설도 더럽게 못 쓰는데 그게 막 팔릴 거예요. 가끔 있잖아요, 더럽게 재미없는 책인데 베스트셀러 되는 거. 그거 분명히 도미노예요. 민폐도 이런 민폐가 없어요. 내가 더 잘 쓰겠다. 그리고요, 만나는 여자마다 자기 여자로 만들걸요. 조심해요. 개랑은 한 여자 두고 경쟁해봤자 게임이 안 돼요. 솔직히 남자들 여자 보면 흑심 품고 그러잖아요. 아, 이 여자 만나보고 싶다 하는 순간 도미노가 다 쓰러져 있다니까요. 한번 보세요. 동생 여자친구도 건드릴걸요? 아, 맞다. 도청기 실시간으로 들을 수 있었죠. 잘됐네. 저 전에 사귀던 여자친구가 바람을 피웠거든요. 상대는 내가 아는 놈이었는데 그놈도 분명히 도미노였을 거예요. 그럼 당하는 수밖에 없어요. 세상에 우리를 만나줄 여자가 없어지는 거예요. 제가 운이 나쁘거든요. 보니까 주변에 도미노가 있더라고요. 그래서 나는 맨날 그놈 들러리나 서고 그놈들한테 다 뺏겨요. 개들이랑 똑같은 걸 원하면 나만 맨날 지는 거예요, 진짜로. 낮에 편의점 계산대에 줄 서잖아요. 개가 선 줄은 금방 주는데 내가 선 줄은 절대 안 줄어. 개는 5분 늦잠자면 전철이 5분 늦게 와요. 머리도 나쁜 주제에 국립대학 가겠다고 설치니까 대학 수준

이 떨어져버렸어요. 바보가 자신감만 높으니까 이 나라 꼴 봐. 이상하잖아. 멍청이 주제에 도미노가 되니까 나라 꼴이 이 모양인 거야.

마카베가 말을 하는 동안 모두 마카베를 가여워하는 듯 실망하는 듯 자리를 떠난다.

혼자 남겨진 후에도 계속 떠드는 마카베 앞에 오노가 등장하고 이곳은 병원 진료실이 되어 오노는 마카베의 말을 듣고 있는 상태가 된다.

6

병원 진료실.

마카베   저기요, 선생님, 듣고 있어요? 내 말 알아듣겠
어요? 모르고 도미노랑 친구라도 되면 그땐
이사 가는 수밖에 없다니까?

오노   그래? 이사 가는 곳마다 도미노를 만난다고?
운도 참 없네. 그런데 나는 누가 도미노인지
전혀 신경 안 쓰고 사는데 보면 알 수 있나?

마카베   수상한 사람을 보면 관찰을 하는 거지. 원인
과 결과를 보고 그 관계를 분석하는 거야.

오노   원인과 결과?

마카베   원인은 욕망. 결과는 그 욕망이 어떻게 구현
되는가.

오노   그 사이에, 말하자면 도미노 함수 같은 게 존
재한다는 거야?

마카베	응.
오노	그런데 보통은 그걸 노력이나 행동력이라고 하지 않나?
마카베	…결과가 나오는 방식이 조금 달라.
오노	어떻게?
마카베	보면 알아.
오노	그런데 타인의 욕망은 네가 알 수 없는 거잖아.
마카베	보면 알아.
오노	안다고?
마카베	너도 어느 순간 의사가 되기로 결심했어. 지금은 이렇게 번듯한 의사가 됐지만 살면서 한 번은 도미노 덕을 봤을지도 모르는 거야. 안 그래, 오노?
오노	그럼 도미노한테 고마워해야겠네.
마카베	도미노는 마음이 없어. 고마워해야 할 상대는 네 주변에 의사가 되지 못한 사람들이야. 넌 성공했어. 그거 보통 일 아니야. 수많은 사람들의 희생으로 얻은 거라는 거 잊지 마.
오노	…나 세금 많이 내는데. 그런데 언제부터 그런 생각을 하게 된 거야?
마카베	생각은 옛날부터 했지. 확신을 갖게 된 건 한 1년쯤 되나?

오노	1년. 잠은 언제부터 못 잤어?
마카베	3년쯤 됐어.
오노	약은 쭉 먹고?
마카베	먹다 안 먹다 했어.
오노	운동은?
마카베	딱히.
오노	중학교 때 너 육상부였잖아. 조깅이라도 해 보지 그래? 시간 정해서. 산책도 좋고. 기분 전환도 될 거야.
마카베	그러게.
오노	…직장은 알아보고 있어?
마카베	그게 무슨 상관이 있어?
오노	있지. 일 안 한 지 얼마나 됐어?
마카베	너랑 나 별로 친한 적 없지? 그렇게 걱정하는 척 안 해도 돼.
오노	이게 내 일이야.
마카베	그럼 일적으로 대해.
오노	(어깨에 힘을 뺀다.) …오랫동안 일을 안 하면 돌아가기 힘들어. 마흔 넘어서 직장 구하는 게 쉬운 일도 아니고. 우리 나이가 되면 우울증 생기는 경우도 많아. 요 몇 년 사이, 동창 중에 직장 그만두는 애들 몇 명 봤어. 액이라도 꼈나 했다니까. 고향 내려오자마자 동창

들이 환자로 오는데 걱정이 안 되겠냐. …어떻게 할까. 입원할 마음은 없어?

마카베   …어? 입원? 왜?

오노   약간 망상 증상이 있네.

마카베   아니야, 뭐야. 도미노 얘기 때문에 그래? 세상을 어떻게 해석하냐의 문제잖아. 처세술, 철학. 몰라? (웃음) 뭐라는 거야. 깜짝이야. 뭐든 다 병으로 만드는구나. 기가 막혀.

오노   며칠만 입원했으면 좋겠어.

마카베   아니, 거절할게.

마카베는 오노를 남겨두고 나가버린다.

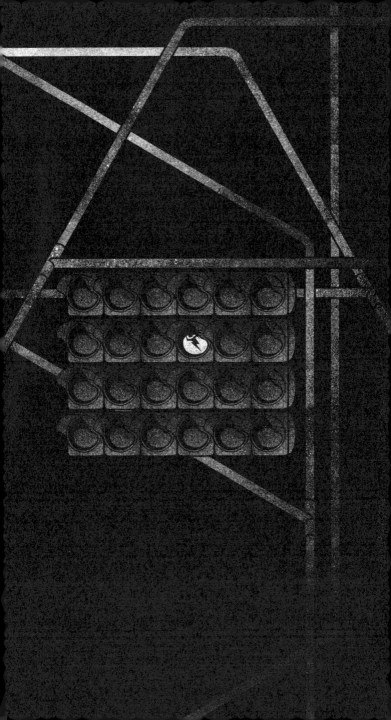

7

사몬 형제의 집. 거실.

모리오 그럼 어머니가 많이 엄격하셨던 거네요.

이즈미 무조건 고향에서 먼 국립대학으로 가자 했어
요.

모리오 그래서 여기로.

이즈미 네, 졸업하고 취직도 여기서 하고요.

모리오 그랬구나. 그래서 야무진 거구나.

이즈미 아니에요.

모리오 본가에는 자주 가요?

이즈미 별로요.

모리오 어머님이 쓸쓸하시겠네요.

이즈미 하하.

모리오 아버님은요?

이즈미 건강하세요. 일도 왕성하게 하시고요.

모리오	부럽네요. 흠.
이즈미	…. 요이치 지금 하는 일, 직접 연결해주신 거예요?
모리오	그럼요. 처음엔 사무 알바로 들어왔는데 지금은 거의 펠로우 일을 해요. 펠로우가 뭐냐면 학생들 상담해주는 사람이에요.
이즈미	그 전에는 시민극단에 있었다면서요? 아동극 하는.
모리오	네, 그거 하느라 시간을 뺏겨서 여기저기 알바 전전하면서 살았어요. 까딱하다가 비정규직인 채로 30대가 될 거 같아서. 좀 그렇잖아요.
이즈미	아….
모리오	조금 강제로 시켰죠. 정규직 될 수 있는 쪽으로 제가 길을 터준 거예요. 너무 걱정이 돼서요.
이즈미	그럼 극단 활동은 못 하게 하신 거예요?
모리오	그런 건 아니고. 처음에는 둘 다 하더라고요. 그런데 입시학원 일이라는 게 그렇게 할 수 있는 게 아니거든요. 중간에 자기가 알아서 그만두더라고요.
이즈미	그렇게 된 거였군요.
모리오	그 애도 현실이 눈에 들어왔겠죠. 솔직히 이

제 그런 활동은 그만했으면 싶었어요.

이즈미   그런 마음이 어떤 식으로든 전해졌을지도 모르겠네요?

모리오   …그랬을 수도 있죠. 제가 요이치한테서 삶의 낙을 빼앗았다고 생각하는 거 같네요?

이즈미   그런 건 아니에요.

모리오   그런 마음이 전해졌어요.

이즈미   죄송해요.

모리오   사과할 거 없어요. 서로 다른 방식으로 요이치를 걱정하는 거니까. 그렇죠?

이즈미   네.

모리오   저도 그래요. 동생 행복이 제일 중요해요.

이즈미   그런데 그 행복의 개념이 서로 다른 거 같아요.

모리오는 이즈미에게 다가와 말한다.

모리오   나는요, 요이치한테 뭘 강요한 적은 한 번도 없어요. 최종 선택은 동생이 해요. 요이치는 자유로우니까요. (더 얼굴을 내밀며) 뭔가 오해하는 거 같네요, 우리 관계를.

요이치가 들어온다.

요이치   뭐하는 거야?

모리오는 이즈미에게서 몸을 떨어뜨린다.

모리오   뭐하긴. 어서 와. 이즈미 씨가 너 한참 기다렸
         어.

모리오는 방을 나간다.

8

마카베의 집, 현관 앞.
마카베를 찾아온 오노의 눈앞에 사와무라가 등장한다.

오노　　　안녕하세요.

사와무라　안녕하세요….

오노　　　어? 그때 그.

사와무라　네, 소아병동에 근무하는 사와무라예요.

오노　　　어떻게 여기서 나와요? 마카베랑 아는 사이
　　　　　　　예요?

사와무라　아, 네.

오노　　　네? 아, 그럼 마카베랑…. (남녀 사이를 떠올
　　　　　　　린다.)

사와무라　아니요, 아니에요.

오노　　　아, 네, 마카베는요? 잠깐만요. 그런데 여긴
　　　　　　　왜 오신 거예요?

요코미치가 나온다.

요코미치   어머, 오노 선생님.

오노   요코미치 씨, 뭐예요? 사고 때문에 다들 모이신 거예요?

요코미치   그게… 네.

오노   그런데 왜 마카베 집에서 만나요?

요코미치   마카베 씨가 기적을 보여주신대서요.

오노   …그게 무슨 말이에요?

요코미치   아참, 선생님은 그날 일찍 나가셨죠?

오노   마카베가 무슨 말 했어요? 혹시 이상한 소리 하지 않았어요?

요코미치   도미노 말씀하시는 거예요?

오노   아, 그럼 다들 알고 계신 거네요. 아니, 큰일이네요. 죄송해요. 저도 망상이 심해지기 전에 손을 써야 할 거 같아서 왔거든요.

요코미치   망상이요?

오노   네, 마카베한테 지금 '도미노 환상'이라는 망상 증상이 있는데 이게 굉장히 드물기는 해도 실제로 있는 병이거든요. 그래서, 음, 믿으신 건 아니죠? 마카베가 하는 얘기.

요코미치   믿겠어요? 그런 얘기.

오노   다행이다. (사와무라에게) 그쪽은 아실 거 아

니에요, 마카베가 정상이 아닌 거.

사와무라 저도 조사했고 망상 종류 중에 도미노라는 게 있다는 건 확인했어요.

오노 왜 저한테 연락 안 했어요?

사와무라 선생님 환자인 줄은 몰랐죠. 그리고 마카베 씨 경우는 조금 다르다고 생각했고요.

오노 뭐가 달라요?

사와무라 '도미노 환상'은 피해망상의 일종이잖아요. 그런데 우리가 하려는 건 더 긍정적인 거거든요. 소원이 이루어지는지 증명하는 거니까요.

오노 사와무라 씨, 다시 한번 묻겠는데 도미노 애기 믿는 거 아니죠?

사와무라 당연히 안 믿어요. 그런데 가능성을 아주 버릴 수는 없으니까 실험해보자는 거죠.

오노 그건 믿는다는 거잖아요. 믿어보자 하는 순간 망상이 되는 거예요. 이런 종류의 망상은 감염된다는 거 알죠? 냉정하게 생각해봐요. 말도 안 되는 말이잖아요. 가능성은 무슨 가능성이에요?

사와무라 우리 다 봤잖아요, 두 눈으로. 그건 기적이었어요.

오노 …네, 그건 신기한 사고였어요. 그런데 그게 도미노가 진짜 있다는 증거는 아니에요.

사와무라	어떻게 그렇게 딱 잘라 말하세요?
오노	다 억지예요. 요코미치 씨, 그 사고 원인이 도미노라고 생각하세요?
요코미치	아니요, 만에 하나 도미노가 증명된다 해도 보험금은 안 나올 거예요. 저는 현장을 못 봐서 아무 증거도 없지만 재밌게도 지금까지는 마카베 씨가 말한 대로 되고 있어요. 기적이라고 하기엔 너무 작은 것들이지만 정말로 사몬 모리오 씨는 좀 신기하더라고요.
오노	…아무튼 마카베 좀 만나야겠어요.
요코미치	그게요, 지금 없거든요. 죄송해요.

요코미치와 사와무라는 오노를 내버려둔 채 퇴장한다.

9

병원.

닛타의 아내가 입원해 있는 병실. 모리오가 침대에 누워 있는 그녀를 보고 있다.

병원의 다른 장소에 사와무라, 요코미치, 닛타가 있다.

사와무라　모리오 씨, 지금 들어갔어요.

닛타　혼자 둬도 될까요?

사와무라　병실은 기본적으로 다 모니터 되니까 괜찮아 요. 혼자 있어야 환자 분을 더 잘 볼 수 있을 거예요.

요코미치　하긴 그래야 더 감상적이 되겠네요.

사와무라　의식은 없어도 살아 있는 한, 몸은 살려고 하 는 법이에요. 자살 미수로 실려온 사람도 몸 은 필사적으로 살려고 해요. 그걸 아니까 저 희는 옆에서 힘내라고 하고 도와드리는 거죠.

환자 분을 보면 모리오 씨도 분명히 그런 생
각이 들 거예요.

요코미치　저 모습을 보고 그런 생각이 안 들 수가 없죠.

사와무라　모리오 씨 마음이 분명히 환자 분한테 닿을
거예요.

모리오는 혼자 닛타의 아내와 마주하고 있다. 사와무라
일행은 기다린다.

모리오는 병실을 나와 복도를 걷다가 벤치에 앉는다. 그
때 사와무라가 그에게 다가간다.

사와무라　감사합니다.

모리오　아닙니다.

사와무라　어떠셨어요?

모리오　네, 좀 충격받았어요.

사와무라　그죠.

모리오　…아아, 죄송합니다. 하아— (길게 소리를 낸
다.) 좀 지치네요.

사와무라　그러실 거예요.

모리오　정말 큰일이네요.

사와무라　얘기해보셨어요?

모리오　네, 처음엔 멋쩍어서 말이 안 나왔는데 그냥
"처음 뵙겠습니다" 그러고.

사와무라	잘하셨어요. 그리고요?
모리오	네?
사와무라	그다음에는요?
모리오	아, 그게, 네? 제가 뭐라고 했는지 궁금하세요?
사와무라	가르쳐주세요.
모리오	…아니, 그냥 사고 얘기 하고요. 이런저런 얘기 하고 힘내시라고 그랬죠. 의식이 빨리 돌아오고 회복하시길 빈다고요.
사와무라	그쵸. 정말 그랬으면 좋겠어요.
모리오	네.
사와무라	저도 매일 그렇게 기도해요. 모든 환자를 위해서요.
모리오	정말요? 꼭 천사 같으세요.
사와무라	모리오 씨가 심성이 고운 분이라 다행이에요.
모리오	아, 오오.
사와무라	?
모리오	아니, 갑자기 '모리오 씨'라고 하셔서.
사와무라	아, 죄송해요.
모리오	아니에요. 괜찮아요.
사와무라	(속으로 "죄송해요."라고 되뇌며)….
모리오	그런데 왜 저를 부르신 거예요?
사와무라	조금이라도 인연이 닿은 분들이 와주시면 좋

을 것 같아서 요코미치 씨한테 연락처를 물어 봤어요.

모리오   아아, 여러 사람이 말을 걸어주는 게 좋은가 봐요?

사와무라 네, 정말 감사합니다.

모리오   아니에요. 또 언제든 불러주세요. 사와무라 씨, 이것도 인연인데 언제 밥이라도 먹을까 요?

사와무라 네.

모리오   (재빠르게 명함을 꺼내 사와무라의 손에 건 네주며) 제 연락처예요.

사와무라 사몬 씨.

모리오   모리오라고 부르세요.

사와무라 네, 저기, 앞으로도 닛타 씨 아내 분을 위해 기도해주세요.

모리오   당연하죠.

사와무라 약속해주세요.

모리오   (약간 당황해하며) 네. (웃음) 왜 그러세요?

사와무라 …아니에요.

모리오   그런데 저희끼리 얘긴데요, 어디까지 회복할 수 있을까요? 저 정도면 의식이 돌아와도 완 전히 원래대로는 못 돌아갈 거 같은데. 그게 너무 안 됐어요. 아니, 물론 저도 회복되셨으

면 좋겠죠. 그런데 저렇게 관을 있는 대로 꼽고 억지로 연명 치료하는 거 보니까 생명이란 뭔가 싶더라고요.

사와무라 …죽는 게 낫겠다는 말씀이세요?

모리오 아니요, 그런 건 아니고요.

사와무라 그런 생각 하지 마세요.

모리오 네.

사와무라 그 생각 지금 당장 지우세요!

모리오 네?

사와무라 절대로 그런 생각 하면 안 돼요!

모리오 (놀라서 당황한다.) …네, 죄송해요.

사와무라 부탁드려요. 회복될 거라고 믿으세요. 포기하면 안 돼요. 환자 분도 주변 분들도 믿고 싸워야지 안 그러면 이겨낼 수가 없어요! 다 같이 믿어야 기적도 일어나는 거예요.

모리오 …네.

사와무라 부탁드릴게요, 모리오 씨.

모리오 …네.

모리오는 어이가 없다.
사와무라는 퇴장한다.

10

사몬 형제의 집. 모리오와 도로가 있다.

모리오   아니, 황당하더라니까요, 도로 씨.

도로   그러게요. …이걸 뭐라고 해야 하나, 위장 결혼을 한 부부가 점점 진짜 사랑에 빠지는 드라마가 예전에 있었는데 기억나요?

모리오   그런 드라마 본 적 없는데요.

도로   모르세요? 그게요, 실은 제가 어떤 목적이 있어서 모리오 씨한테 접근했거든요.

모리오   진짜요?

도로   그런데 그건 그냥 시작이 그랬다는 거고, 지금은 진짜 친구라고 생각해요.

모리오   잠깐만요. 무슨 목적이 있었는데요?

도로   모리오 씨는 저를 친구라고 인정해줄 거예요?

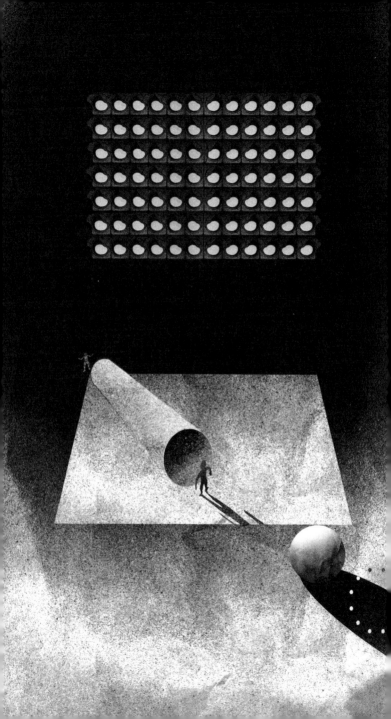

모리오	친구죠. 그러니까 뭐 숨기고 그러지 말자고 요. 뭐예요, 목적이라니.
도로	목적은 모리오 씨 친구가 되는 거였어요.
모리오	네?
도로	목적이 친구 되는 거였다고요.
모리오	…왜요?
도로	누가 저한테 그랬거든요. 저를 구해줄 사람이 어딘가에 있는데 그 사람이 바로 모리오 씨라 고요.
모리오	네? 누가요?
도로	점쟁이가요.
모리오	점쟁이… 점쟁이요?
도로	네, 그날 만나는 사람이 절 구해줄 거랬어요.
모리오	그걸 믿었어요?
도로	네, 죄송해요.
모리오	그런 거 믿지 마요. 뭘 구해줘요. 그래서 해결 은 됐어요? 저랑 친구 되고 나서?
도로	아직 모르겠어요.
모리오	제가 도움이 돼요?
도로	될 거예요.
모리오	아, 그럼 말해봐요. 뭐가 문제예요?
도로	모리오 씨, 정말 저를 친구라고 생각하세요?
모리오	그럼요.

도로	정말로?
모리오	왜 그러세요, 정말.
도로	….
모리오	돈 문제예요?
도로	아니요.
모리오	그럼 뭔데요? 괜찮아요. 웬만해서 저 안 놀라요.
도로	잠깐 얘기 좀 해도 될까요?
모리오	해보세요.
도로	…옛날에 말기 암 환자가 있었어요. 그 사람은 가망이 없다는 걸 알고 있었고, 그냥 내버려두면 남은 생은 3개월이었어요. 의사가 할 수 있는 거라곤 연명 치료뿐이었고, 잘해봐야 1년 살 수 있었어요. 보통 그러면 침대에 누워서 벚꽃 지는 거나 보겠죠. 그런데 그 사람은 어차피 죽을 거 세계 일주를 떠났어요. 남미 유적지도 가보고, 이집트 피라미드도 보고, 아무튼 엄청 감동했어요. 죽을 각오로 둘러보고, 죽을 각오로 감동한 거예요. 그래서 어떻게 됐을 거 같아요? 여행을 마치고 돌아와서 보니까 다 나은 거예요. 암 덩어리가 말끔하게 사라졌대요.
모리오	네, 그런 얘기 들은 적 있어요.
도로	그럼 원리를 설명해봐요.

모리오	감동받아서 면역력이 높아졌나 보죠.
도로	맞아요. 그럼 의사들이 말기 암 환자한테 세계 일주 가라고 할까요?
모리오	아니죠.
도로	그쵸. 세계 일주 하면 완치라니, 그런 마음으로 가면 사은품 딸린 여행사 상품이나 마찬가지죠. 제가 보기에 이 얘기에서 포인트는 이거예요. 우선 아주 순수한 마음이어야 돼요. 아무것도 바라면 안 돼요. 그리고 죽을 각오가 되어 있어야 돼요.
모리오	무슨 말이 하고 싶은 거예요?
도로	제 얘기 다 듣고 저 못 보겠으면 다시는 안 올게요.
모리오	…못 보겠다뇨?
도로	이건 둘이 같이 해야 돼요. 저는 죽을 각오를 할게요. 모리오 씨는 순수하게 빌어주세요. 그러니까 모리오 씨는 전부 다 알면 안 돼요. 순수해야 되니까.
모리오	…도로 씨, 설마 어디 아파요?
도로	또 하나 예를 들어볼게요. 꽃점이요. 좋아한다, 싫어한다, 좋아한다, 싫어한다, 좋아한다. 이거 믿어요?
모리오	아니요, 전혀.

도로	그쵸. 그게 맞을 리가 없죠. 그래도 좋아한다로 끝나면 믿을 거예요. 믿고 싶으니까. 그건 믿기 위해서 있는 거예요. 신이 없으니까 믿고 싶은 뭔가가 필요한 거예요. 믿음이 힘이 되고 그 덕에 고백도 할 수 있어요. 뭐든 상관없어요, 꽃이든 동전이든 제비뽑기든. 그래서 전 모리오 씨를 믿어보기로 한 거예요.
모리오	…왜 저예요? 제가 뭐라고요? 정말 무슨 큰 병 걸렸어요?
도로	네.
모리오	아, 정말요? 그게, 그럼 제가 뭘 어떻게 해야 되는지 모르겠지만, 만약에 잘 안 되면 제 책임 같아서 싫은데요.
도로	모리오 씨는 아무 책임도 없어요.
모리오	좋아한다, 싫어한다, 좋아한다, 싫어한다에서 끝나면요?
도로	죽을 각오는 이미 했어요.
모리오	그런 얘긴 그만 해요. 심각한 거예요?
도로	…솔직히 제가 어떻게 되든 상관없죠?
모리오	왜 그래요? 어떻게 상관이 없어요.
도로	톡 까놓고 말해봐요. 솔직한 속내를 듣고 싶어요.
모리오	아니, 보통 이런 상황이면 걱정이 되죠.

도로	보통 말고 모리오 씨가 어떠냐고요. 친구 맞죠? 겉치레는 필요 없어요.
모리오	친구니까 걱정하는 거잖아요.
도로	친구가 아니면 걱정 안 한다는 소리네요.
모리오	저는 걱정이 되니까 친구 맞아요. 자꾸 이런 얘기 하니까 오글거리잖아요.
도로	오글거리지 않아요. 저 진지해요. 말로 해주세요. 말로 안 하면 알 수가 없어요.
모리오	걱정해요, 친구니까. 그래서 뭔데요? 암이에요? 에이즈? 결핵, 천연두, 콜레라?
도로	(모리오의 손을 잡는다.) 에이즈예요. 아직 발병은 안 했는데 HIV에 감염됐어요.
모리오	진짜요?
도로	네.
모리오	그렇군요.
도로	지금 무슨 말 할지 고민하고 있죠? 고민하지 말고 떠오르는 대로 말해봐요.
모리오	말이 안 나와요.
도로	손을 뿌리치지 않네요. 다행이다. 뿌리치면 어떡하나 했어요. (손을 놓는다.)
모리오	무슨 말을 해야 될지.
도로	아무 말이나 해요. 빨리요.
모리오	그게 참, 안 되셨어요.

도로	그리고요?
모리오	음, 정말 충격이네요. 당연하잖아요.
도로	저기요, 그런 거 말고, 있잖아요. 저 참 안 된 거 맞아요. 어디서 감염됐는지도 몰라요. 안 된 건 잘 아니까 진짜로 무슨 생각이 드는지 알고 싶어요. 솔직한 마음을요. 무서워요? 어때요? 말해봐요, 아주 솔직하게.
모리오	아니, 그렇게 쉽게 옮기는 병도 아니고, 괜찮아요.
도로	뭐가 괜찮아요? 흔한 말 말고요. 그런 거 다 아니까. 가식적인 말 듣고 싶은 게 아니라고요. 더 직감적으로 든 생각이요.
모리오	나도 지금 복잡하단 말이에요. 왜 이렇게 흥분을 하고 그래요.
도로	고민하지 말라고요. 지금 여기서 든 생각을 말해요. 위선 떨지 말고, 무서우면 무섭다, 역겨우면 역겹다 말하라고!
모리오	무서워요! 황당해 죽겠는데, 하여튼 무서워요. 나한테도 옮으면 어쩌나, 도로 씨가 남긴 거 먹은 적 없었나, 왜 감염됐을까, 손 뿌리치면 안 되겠지, 머리가 터질 거 같아요! 당연한 거잖아요.
도로	그럼 말을 하라고! 말을 안 하면 어떻게 아냐

고!

모리오   말해서 뭐 어쩌게요. 마음이 아프니까 무슨
         말을 할지 고심하는 거잖아요. 해줄 수 있는
         게 아무것도 없으니까 말이 안 나오죠.

도로   해줄 수 있는 게 왜 없어. 세계 일주 할 수 있
         잖아요.

모리오   세계 일주 하면 도로 씨 HIV가 없어져요?

도로   해줄 수 있는 게 없다고, 마음이 바뀌는 건 아
         니잖아요.

모리오   당연하죠.

도로   뭐가 당연해요?

모리오   진심으로 걱정된다고요.

도로   걱정은 해도 포기했잖아요.

모리오   그럼 세계 일주 해요. 같이 갈게요.

도로   나는 포기 안 할 거예요.

모리오   그래요, 그거예요.

도로   어떻게 생각하세요? 저 어떻게 하면 될까요?
         말로 해줘요. 글 쓰는 분이잖아요.

모리오   힘내요. 아아, 왜 이딴 말밖에 안 떠올라.

도로   더 구체적으로요.

모리오   구체적?

도로   내가 어떻게 되길 바래요?

모리오   힘냈으면 좋겠어요.

도로	더 구체적으로요.
모리오	그러니까.
도로	더 순수하게.
모리오	뭔 소리예요, 그게.
도로	저 죽을까요?
모리오	안 죽었으면 좋겠어요.
도로	안 죽었으면 좋겠다.
모리오	병이 나았으면 좋겠어요.
도로	나았으면 좋겠다.
모리오	마음 강하게 먹고, HIV 이겨냈으면 좋겠어요! 미안해요. 내가 지금 무슨 말을 하는 건지.
도로	진심이에요? 그거 진심이에요?
모리오	당연하죠.
도로	한 번 더 말해줘요.
모리오	HIV 이겨내자고요.
도로	한 번 더요.
모리오	힘내요. 바이러스에 지지 마요, 도로 씨.
도로	….
모리오	도로 씨?
도로	고마워요. 다행이다. 정말 고마워요. 다행이다. 그렇게 말해줘서.
모리오	아, 네.
도로	모리오 씨가 그렇게 말해주면 나을 거라고,

그렇게 생각하기로 정했거든요.

모리오 기운 내세요.

도로 기운 났어요. …죄송해요. 황당하셨죠.

모리오 아니에요.

도로 모리오 씨 말 믿고 나을 거예요.

모리오 (웃음) 내가 뭐라도 된 거 같잖아요.

도로 모리오 씨도 믿으세요. 불가능이란 없어요.

모리오 알겠어요. 나에게 불가능이란 없다.

도로 맞아요.

모리오 소설도 성공할지도 모르는 거고.

도로 성공할 거예요.

모리오 상도 타고.

도로 탈 거예요.

모리오 그래서 할리우드에서 영화로 만들고.

도로 꼭 그렇게 될 거예요.

모리오 그럼 그 돈으로 HIV 신약 개발할게요.

도로 훌륭하세요.

모리오 그래서 노벨상도 타는 거죠.

도로 꿈이 아니에요.

모리오 그래, 나에게 불가능이란 없다. (웃음) 이거
소설로 한번 써볼까요?

도로 아니요, 이건 현실이에요.

11

마카베의 집. 마카베, 사와무라, 닛타, 요코미치가 있다.
오노도 함께 있다.

도로는 모리오를 남겨두고 마카베 일행에 합류한다.

도로와 모리오의 대화를 듣고 있던 마카베는 웃음을 터
뜨린다.

감시하는 사람들과 감시당하는 사람들이 교대로, 때로는
동시에 장면을 진행한다.

마카베   (웃음) …진짜 소질 있어, 도로 씨.

오노   …이런다고 정말 도로 씨 HIV가 사라질 거 같
아?

마카베   모리오가 진짜 도미노라면.

오노   HIV는 안 없어져. 이러면 정신적 타격만 더
클 거야.

마카베   됐어. 가능성은 있어.

오노	넌 가능성 운운하면서 희망 고문 시키는 거잖아.
닛타	아무리 작은 거라도 사람은 가능성이 있는 데로 끌리게 되어 있어요.
오노	그건 아는데요, 당신들 이러는 거 비정상이에요.
닛타	의사 선생님 말씀이니 반박 못 하겠네요. 저는 병원 다녀올게요.
마카베	다녀오세요.

닛타는 나간다.
다른 공간에서 이즈미와 요이치가 대화를 시작한다. 마카베는 그 모습을 본다. TV 화면에 코멘트하듯 마카베는 두 사람의 세계에 개입한다.

요이치	정말로 아무 일도 없었어?
이즈미	없었어.
요이치	그런데 거리감이 좀 이상했단 말이야.
이즈미	그건 진짜 나도 좀 황당했어. 갑자기 가까이 오더라니까.
요이치	분위기도 좀 이상했고.
이즈미	이상하긴 했어. 그런데 네가 생각하는 일은 없었어, 전혀.

요이치	….
이즈미	믿어줘.
요이치	알았어.
이즈미	아무 일도 없었어. 말도 안 돼.
요이치	알았어. …아니, 그게, 알잖아, 나 형한테 콤플렉스 있는 거.
이즈미	응.
요이치	자꾸 비교하게 돼.
마카베	형이 도미노니 어쩔 수가 없지.
요이치	형 좋아하면서 나한테 접근하는 사람이 전에 있었거든.
이즈미	그랬어? 당연히 나는 아니야. 이런 타이밍에 말하는 것도 좀 그렇지만, 난 그런 사람, 너희 형 같은 사람 별로 안 좋아해. 미안해. 널 안심시키려고 하는 말이 아니라 평소 생각이야.
요이치	응.
이즈미	너는 어때? 솔직히 같이 있으면 힘들지 않아?
요이치	하하. 음, 글쎄, 힘들 때도 있어.
이즈미	그럴 거 같아.
요이치	그렇다고 밉지는 않아. 아주 좋은 형이니까. 내가 못난 탓이야. 그게 괴로워.
마카베	그건 모리오가 동생한테 미움 사기를 원하지 않으니까 그런 거야. 미워하고 싶어도 미워

할 수 없는 거지. 자기 마음 하나 자유롭게 못 써. 이 동생을 구하려면 모리오한테서 떼어 내는 수밖에 없어.

이즈미 우리 부모님이랑 좀 비슷해. 다 날 위한 거라고 하는데 결국은 마음대로 날 조종하고 싶은 거랄까. 그래서 말인데, 너, 형이랑 떨어져 지내는 게 좋을 거 같아.

요이치 어? 그 정도야?

이즈미 내 생각은 그래.

마카베 불가능해. 모리오가 내버려둘 리 없어.

요이치 그건 안 돼.

마카베 이것 봐.

요이치 내가 받은 게 얼마나 많은데.

이즈미 괜찮아. 네 인생이잖아.

요이치 그래도 그건. 돈도 없고.

이즈미 어떻게든 살아져.

요이치 말처럼 쉬운 일 아니야. 그리고 입시학원 정규직 일, 하겠다고 말하려고 했거든.

이즈미 진짜? NPO는?

요이치 고민이 돼. 그런데 조건이나 대우를 생각하면.

이즈미 그게 중요해? 그게 정말 중요해?

요이치 그래서 고민된다고.

이즈미　　…….

장면은 다시 마카베의 집으로.

오노　　생각대로 안 된다고 그걸 다 도미노 탓을 하면 어떡해?

마카베　　구할 수 있어. 난 저 동생한테 말해주고 싶어, 넌 아무 잘못 없다고.

오노　　그게 뭐가 구하는 거야? 자기 문제를 외면하겠다는 거잖아. 그럼 아무것도 해결 못 해.

마카베　　의사 선생님은 알 턱이 없죠, 약한 사람의 마음을.

오노　　너도 모르잖아. 남의 마음은 아무도 모르는 거야.

마카베　　(웃음) 정신과 의사가 할 소리냐?

오노　　정신과 의사니까 할 수 있는 소리야, 마카베. 사몬 모리오의 욕망이 현실 세계를 왜곡시킨다고? 그 사람이 무슨 생각을 하는지는 아무도 몰라. 그건 확인할 방법이 없어.

마카베　　결과를 보면 알지.

오노　　결과는 결과야. 선의를 가지고도 남한테 상처주는 일도 있잖아. 결과만 보고 악의가 있었다고 단언할 수는 없는 거야.

모리오와 요이치가 마주하고 있다. 마카베 일행은 두 사람을 바라본다.

모리오 …요이치, 이즈미 씨 일은 오해야. 나 아무 짓도 안 했어. 너한테 여자친구가 생겨서 얼마나 기쁜지 몰라. 내가 이걸 망칠 리가 없잖아? 난 네가 좋아. 여자 때문에 우리 관계를 깨는 건 있을 수 없는 일이야.

요이치 ….

모리오 못 믿겠어? 그럼 솔직히 말할게. 이즈미 씨는 내 타입이 아니야. 나는 더 밝고, 건강하고, 생각은 많지 않은 사람이 좋아. 형은, 키 크고, 사랑도 스포츠처럼 나눌 수 있는, 그런 머릿속이 단순한 타입을 좋아해.

요이치 …형, 왜 그래?

모리오 응? 뭐가?

요이치 아니, 형은 형이잖아.

모리오 그렇지.

요이치 저기, 입시학원 일 말이야.

모리오 생각해봤어?

요이치 응, 나한테 감사한 일인 거 같아.

모리오 그래.

요이치 고마워.

모리오	됐어.
요이치	그런데 나는 역시 NPO 일 하고 싶어.
모리오	…그래?
요이치	안 돼?
모리오	안 되긴. 네 선택을 믿어야지.
요이치	그래도 돼?
모리오	당연하지. 내가 정할 일이 아니야. 네 인생이 잖아.
요이치	어, 그래도 돼?
모리오	당연한 소리를. 원장님한테 말한 건 신경 안 써도 돼.
요이치	고마워.
모리오	뭐야.
요이치	그리고 저기, 나, 음, 자리 잡히면 독립해볼까 하고 있어.
모리오	좋은 생각인데?
요이치	정말?
모리오	응, 돈 부족하면 말해.
요이치	고마워.
모리오	파이팅. 이즈미 씨 일은 괜찮은 거 맞아?
요이치	괜찮아. 전혀. 여자친구도 나 응원해준대.
모리오	잘됐다. 됐어. 드디어 내 마음을 알아줬구나.

모리오는 요이치의 등을 밀며 배웅한다.
마카베의 집에서 요코미치의 핸드폰 전화가 울린다.

요코미치　여보세요. 네, 왜 그러세요? 네…. …그래요…? 알겠습니다. 연락주셔서 감사합니다. 그럼, 네, 그렇죠. 네, 잘 추스르시고요. …네. (전화를 끊는다.) …닛타 씨 아내 분이 돌아가셨대요.

사이.

사와무라　세상에, 세상에. 역시 너무 늦었던 걸까요? 너무 늦었었나 봐요.

마카베　…아니에요. 모리오가 부정 타는 생각을 해서 이런 거로 봐야죠. 모리오가 그 모습을 보고 편히 잠드셨으면 좋겠다고 생각한 거예요. 그 결과가 이거예요.

사와무라　아아, 내가 무슨 짓을 한 거지. 제가 쓸데없는 짓을 한 거죠? 모리오 씨가 그런 생각을 할 줄은 상상도 못 했어요. 설마 죽기를 바랄 줄은.

마카베　사와무라 씨가 자책할 거 없어요.

사와무라　아니에요. 저는 돌이킬 수 없는 짓을 저질렀어요. 상상했어야 했어요. 이런 일도 있을 수 있다는 걸. 내가 무슨 짓을 한 거야…. 다 제

127

탓이에요, 제 탓.

사와무라는 평정을 잃는다.

마카베   사와무라 씨가 나쁜 게 아니에요. 하나도 나
쁜 게 아니에요. 그런 생각을 한 모리오가 나
쁜 거예요.

오노   이것도 도미노 증거라는 거야?

마카베   중요한 데이터가 될 거야.

오노   마카베, 그 환자는 그냥 생명을 다한 거야. 그
게 다야. 넌 그 사람의 죽음을 모독하고 있어.
모르겠어?

마카베   내 생각은 이래. 닛타 씨의 아내는 그 사고로
중환자가 됐고, 돌고 돌아서 모리오의 창끝에
마지막 일격을 당했어.

오노   그만해! 너 미쳤어?

요코미치   닛타 씨의 창끝은 모리오 씨한테로 안 갔으면
좋겠네요.

오노   가겠죠. 나쁜 일을 다 도미노 탓으로 돌리면
그렇게 되겠죠. 마녀사냥이지 뭐예요.

마카베   잠깐만요, 요코미치 씨. 이대로 가면 '도미노
한 개'를 또 볼 수 있을지도 몰라요. 만약에
닛타 씨가 칼 들고 모리오한테 간다고 쳐요.

그때 투명한 벽이 만들어졌던 것처럼 또 기적이 일어날 수 있잖아요. 닛타 씨가 죽을 수도 있어요. 빵! (머리통이 날아가는 듯한 몸짓)

사와무라 그만하세요. 모리오 씨가 가진 힘을 좋은 쪽으로 쓰게 해야죠.

마카베 …어? 사와무라 씨 괜찮아요? 설마 모리오한테 마음 있는 거 아니죠? 노파심에 말해두겠는데 그거 모리오 흑심이 만들어낸 거예요. 다 모리오가 조종한 대로 되는 거예요. 절대로 그놈 좋아하면 안 돼요.

사와무라 …네.

마카베 오노, 만약에 도미노가 증명되면 날 병원에 처넣으려고 했던 너야말로 마녀사냥했던 거라는 거 알아둬.

도로가 마카베의 집으로 들어온다. 모두 도로를 주목한다.

마카베 오셨어요?

도로 …결과 나왔어요.

마카베는 도로에게 달려가 봉투를 받는다. 그것은 HIV 재검사 결과가 든 봉투다.

그는 봉투에서 진단서를 꺼내 내용을 확인한다.

마카베　　축하드려요. HIV 음성.

사와무라가 진단서를 확인하고 도로를 끌어안는다. 마카
베는 박수를 친다.

마카베　　기적이 일어났네요.
사와무라　축하해요, 축하해요, 도로 씨.

도로와 사와무라는 기뻐하며 웃는다.
오노와 요코미치가 도로의 진단서를 확인한다.

마카베　　도로 씨, 양성 진단서도 보여드려요.
도로　　　네.

도로는 양성 진단서를 요코미치에게 건넨다. 오노도 확
인한다.
마카베는 기운이 쭉 빠진 듯 자리에 앉는다. 약간 자조적
인 웃음소리가 새어 나온다.

마카베　　(표정이 사라지고 감정이 벅차오르는 듯 숨
　　　　　　을 내쉰다.) 그놈이 진짜 도미노였어….

마카베는 몸에서 기력이 빠져나가는 지금 이 상태를 뭐
라 설명할 수 없다.

사이.

마카베   어때요, 요코미치 씨. 이게 가능한 일이에요?

요코미치   네, 반론의 여지가 없네요.

마카베   오노, 넌 어떻게 생각해?

오노   (진단서를 보고 있다.) 이건 말도 안 돼.

마카베   그 진단서가 위조된 게 아니라는 건 네가 잘
알 거야.

오노   …그래도 내 입장은 바뀌지 않아. HIV가 사라
진 건 기적이지만 사몬 모리오는 관계없어.

마카베   (웃음) 대단한 신념이네.

도로   모리오 씨는 진짜예요. 절 구해줬어요.

사와무라   마카베 씨, 모리오 씨한테 전부 얘기하러 가요.

마카베   네?

사와무라   도미노 힘이 없어져버리기 전에 더 많은 사람
들을 구해야죠.

마카베   그게 되겠어요?

사와무라   되죠.

마카베   너 신이래, 그렇게 말하면 누가 믿겠어요?

사와무라   도로 씨가 증거잖아요. 자기가 도미노라는 거
알고, 슬픔을 느끼는 마음만 있으면, 환자들

을 다 고쳐줄지도 몰라요. 그 힘은 사회를 위
해서 쓰여야 돼요.

마카베   (웃음) 무슨 마더 테레사예요?

도로   그 사람은 예수가 될 거예요.

마카베   (도로에게) 머리가 어떻게 됐어요?

도로   기적을 일으켰어요.

마카베   기적은 이미 일어났잖아! 다들 사고 봤잖아
요. 주변 사람들만 죽어나는 거야. 기적이라
고 다 좋은 게 아니라고.

도로   저는 모리오를 믿어요.

마카베   도로 씨, 지금 웃긴 거 알아요? 고마워해야
할 사람은 개가 아니라 나죠. 왜 나한텐 한마
디도 안 해요? 치마나 들춰보던 놈을 예수로
승격시켜준 게 난데. 안 그래요?

도로   당연히 마카베 씨한테도 감사하죠.

마카베   뭐가 당연해요. 당연히 뭐요? 당연히? (도로
의 흉내를 내며) "당연히 마카베 씨한테도 감
사하죠." 당연히 뭐! 내가 없었으면 당신 지
금쯤 어쩌고 있었을 거 같아! 당신이 그놈의
우정을 이용했단 사실은 변하지 않아. 모리오
가 이걸 어떻게 받아들일까? 미움 사도 난 몰
라요. 도미노한테 찍히면 비참하지. 상관없
나? 그것도 구경해보지 뭐. 그딴 놈이 사회를

위해서 퍽이나 그러겠어요? 결국 인간은 자기 생각만 하게 돼 있어요.

사와무라　왜 그렇게 부정적으로 생각하세요?

마카베　…네?

사와무라　도미노가 될 가능성은 누구한테나 있잖아요. 그럼 너무 희망적인 거 아니에요? 도미노가 된 사람이 세상을 바꿀 수 있다고 믿으면 세상이 바뀌는 거잖아요. 그래서 전 도미노 얘기 듣고 뭐든 긍정적으로 보자고 마음먹었어요. 만약에 내가 도미노가 됐을 때 안 좋은 생각을 하면 그대로 되어버릴 테니까요. 그러면 내 책임이 되는 거잖아요?

마카베　…그거 진심이에요?

사와무라　네.

마카베　사와무라 씨, 천사네.

사와무라　그런가 보네요.

마카베　이 험한 세상 어떻게 살려고.

사와무라　네, 그래서 속기도 잘 속아요. 도미노도 믿었잖아요. 그런데요, 믿지 않으면 아무 일도 일어나지 않는다고 말한 건 마카베 씨예요. 기적은 있다면서요. 정말 멋진 말이었어요. 그런데 마카베 씨는 도미노를 증명해서 뭘 하고 싶었어요?

마카베   ….

사와무라   도로 씨, 모리오 씨 집으로 가요.

마카베   가지 마요. …제발요.

마카베와 사와무라는 서로를 마주 본다. 사이.

마카베   도미노를 무슨 수로 이겨.

마카베는 포기한다. 사와무라와 도로는 모리오에게로 간다. 마카베는 낙담한다.

오노   도미노 환상을 이런 식으로 해석할 줄이야.

마카베   경사 났네, 아주.

오노   그래? 나는 오히려 현실적이라고 느꼈어.

마카베   도미노 순번 오기를 기다리는 게?

오노   그거 멋진 거 같은데.

마카베   복권 당첨 바라는 만큼 비현실적이네.

오노   사는 방식으로서 말이야.

마카베   현실에선 이렇게 별것도 아닌 인간이 도미노가 돼. 그리고 쓰레기 같은 욕망이 현실을 말아먹어.

오노   그 사람이 별것도 아닌 인간이라고 왜 단정해?

마카베   걔가 진심으로 사회를 위한 생각을 할 거 같
아? 세상을 위하고 남을 위하는 욕망이 존재
할 수 있냐고.

요코미치   …마카베 씨가 만약에 도미노였으면 더 좋은
데에 힘을 잘 썼을 거 같으세요?

마카베   네? 모르겠네요.

요코미치   모리오 씨가 도미노라는 사실을 인지하면 세
상을 위해, 남을 위해 힘을 써줄까요?

마카베   그건 불가능해요.

요코미치   그럼 어떻게 될까요?

마카베   바라는 대로, 멋대로 살겠죠. 폭군처럼.

요코미치   그럴까요? 마카베 씨는 폭군이나 독재자가
되고 싶으세요?

마카베   누구나 마음속에 그런 욕망이 없다고는 못 하
잖아요.

요코미치   저는 없는데.

마카베   히틀러 같은 사람이 도미노가 될 수도 있어
요. 성선설은 틀렸어요.

요코미치   그래요?

마카베   네, 그래요.

요코미치   …(마카베의 태도를 보고) 왜 그러세요? 드
디어 도미노를 증명해냈는데 기분이 별로 안
좋아 보이시네요.

마카베 의외로 안 기쁘네요. 결국 내 인생은 들러리가 맞았다고 증명한 거나 마찬가지니까요. 결국 뭘 하든 소용 없었던 거예요. 도미노가 다 가질 테니까.

오노 세상이 불공평한 건 어제오늘 일이 아니야. 그게 도미노 때문이어도 달라질 건 하나도 없어. 난 사와무라 씨 말에 공감해. 네가 이걸로 도미노를 증명해냈다고 믿으면, 그렇다 쳐. 그런데 그래도 넌 달라질 거 없어. 누구 붙잡고 하소연하려고 했는데? 누가 와서 너의 불행을 한탄해줄 줄 알았어? 이 세상이 도미노 마음대로 굴러간다고 해도 넌 이 세상에서 살아갈 수밖에 없어. 어떻게 살래? 도미노 옆에 살아도 자유로운 사람은 자유롭게 살아. 너도 더 자유롭게 살 수 있어. 늘 주변에 도미노가 있었댔지? 그건 네가 늘 네 주변에 도미노를 만들었다는 거야. 나쁜 일은 전부 도미노 탓을 하고 싶으니까 네가 만든 거라고.

모리오의 집에서 도로와 사와무라가 모리오에게 도미노 이야기를 하고 있다.

모리오 알았어요, 알았어요. 잠깐 진정 좀 하시고. 면

저 도로 씨, 축하드려요. 정말 다행이에요. 도미노 얘기는 솔직히 무슨 말인지 모르겠지만, 제가 도움이 된 거면 정말 기뻐요.

도로 모리오 씨가 진심으로 HIV를 이겨낼 수 있다고 생각해준 덕분이에요.

사와무라 불가능한 일을 가능하다고 믿어주신 덕분이에요.

모리오 …그건 아니에요. 제가 도로 씨한테 그런 말은 했는데, 속으론 이겨낼 수 없을 거라고 생각했어요. 지금 의학으로는 HIV를 없앨 수 없다는 거 아니까요. 제 덕이라고 해주셔서 감사한데요, 저도 그렇게까지 순수하지는 못해요. 도로 씨의 HIV를 없앤 건 도로 씨예요. 세계 일주한 암 환자 얘기 해주셨잖아요. 똑같은 거예요. 도로 씨가 그 도미노라는 걸 믿었어요. 죽을 각오로 진심으로 순수하게요. 그래서 기적이 일어난 거예요. 제가 아니에요. 도로 씨가 한 거예요. 축하해요.

요코미치 저도 선생님 의견에 찬성이에요. 도미노를 만든 건 마카베 씨예요. 그런데 제 생각은 조금 다른데, 그러니까 그게 가능했던 이유는, 마카베 씨가 진짜 도미노이기 때문인 것 같아요.

모리오   소설도 그래요. 좋게 봐줘서 기뻤지만, 직업
으로 할 생각은 없어요. 프로의 세계는 살벌
하니까요. 취미로 쓰는 게 좋아요. 저 강사 일
좋아하고요. 칭찬해주셨지만, 제가 소설가로
밥 먹고 살 정도는 아니에요.

요코미치   원인과 결과를 조사하는 게 제 직업이에요.
몇 주 동안 지켜봤는데 확실히 모리오 씨의
욕망이 실제로 이뤄지는 것처럼 보였어요. 그
런데 그렇게 되길 바란 사람은 마카베 씨였어
요.

도로   믿지 않았다고요?

사와무라   그럼 어떻게?

요코미치   마카베 씨는 도미노를 증명해내길 원했고, 그
래서 모리오 씨 주변에 기적들을 일으킨 거예
요.

모리오   미안하지만 저는 그럴 만한 사람이 못 돼요.
20대부터 지극히 평범한 사람이었어요.

요코미치   모리오 씨 동생은 모리오 씨가 원하는 대로
되지 않았잖아요.

오노   사몬 모리오 씨가 성공한 건 본인이 노력해서
이뤄낸 거네요.

모리오   솔직히 저도 매번 잘 풀린 건 아니에요. 용쓰
고 노력해도 안 되는 게 얼마나 많은데요. 좋

은 쪽만 보지 마세요. 인생이 그렇게 쉽겠어
요? 내가 신이라고요? (웃음) 잠깐만요. 어떻
게 그런 얘기가 나온 거예요?

요코미치 그러니까 그 사고 때 투명한 벽을 만든 사람
은 마카베 씨였을 거예요.

마카베 …잠깐만요. 뭐라 그러는 거예요? 왜 내가 도
미노예요? 도미노는 이 사람이죠.

모리오 사고 났을 때 저만 소리 지른 건 아니잖아요.
거기 있던 사람들 다 속으로 소리 질렀을걸
요. "안 돼!"라고.

요코미치 소리 지르지 않았어요?

마카베는 사고 순간을 떠올린다. 분명히 자기도 소리를
질렀다.

요코미치 도미노가 실제로 존재한다는 건 인정해요. 그
런데 그건 마카베 씨예요.

마카베 …내가 도미노면 왜 내 소원은 안 이뤄진 거
지? 말이 안 돼.

요코미치 이뤄졌잖아요. 도미노를 증명해냈어요.

마카베 아니지, 아니지. 이거 말고 다른 거는요.

요코미치 다른 거 바란 적 있어요? 진심으로 이루고 싶
었던 거요.

오노   마카베, 네 소원이 안 이뤄졌다면 네가 포기
        했기 때문이야. 어차피 안 될 거라고 굳게 믿
        었으니까 믿은 대로 실현된 거야.

마카베   내가, 도미노야?

요코미치 너무 아깝네요.

마카베   시끄러워!

마카베의 감정에 반응하듯, 빠직 하고 공간에 압력이 가
해진다.
장면은 마카베의 집. 마카베, 오노, 요코미치, 세 사람이
있지만 다른 사람들도 무대 위에서 마카베를 감싸듯 시
선을 보낸다. 모두가 마카베를 보고 있다.

오노   넌 뭐든지 될 수 있었는데.

요코미치 독재자도, 예수도.

마카베   시끄럽다니까! 말도 안 돼. 잠깐. 어? 잠깐만.
        머리가 복잡해.

오노   네가 더 자유롭고 더 솔직했으면 뭐든 다 마
        음대로 했을 텐데.

마카베   진짜로 내가 도미노라고? 와, 나 지금까지 뭐
        하고 산 거야? 와, 너무 멍청해. 너무 억울해.

오노   그래도 마카베, 아직 안 늦었어. 앞으로도 쭉
        세상을 원망하면서 살지, 정신 차리고 맞서

볼지, 야, 마카베, 내 말 듣고 있어?

마카베 잠깐만. 뭐야, 이 팔푼아. 진짜라고? 와 나 같은 놈은 죽어야 돼. 왜 사냐. 멍청해라. 내가 도미노였는데. 도미노였는데! 도미노였는데!

오노 야, 마카베, 마카베, 왜 그래?

마카베 나한테 말 걸지 마. 저리 가. 어? 어디 갔어? 잠깐. 안 들려. 어디 갔지? 숨어야 돼, 숨어. 빨리 숨어야 돼. 뭐야, 이건. 말 걸지 말라고. 뭐가 오네, 뭐가 와. 너무 커, 너무 커. 어? 나 어디 갔어? 없어, 없잖아. 죽은 건가? 뭐가 온다. 너무 커. 빨리 숨어야 되는데. 없어, 없어, 아무도 없어. 나 어디 갔지? 말 좀 걸지 말라고. 나 보지 마. 뭐가 온단 말이야. 나 보지 마. 보지 말라고.

마카베는 혼란에 빠진다. 머릿속이 소음으로 가득 차고, 환각과 환청이 덮쳐온다. 눈앞의 세상이 일그러진다.
마카베는 격렬하게 후회하고, 자신의 존재를 지워버리고 싶다. 그 마음이 '도미노 한 개'를 일으켜 현실이 된다.
일그러진 소음이 가득 차다가 멈춘다.
암전.

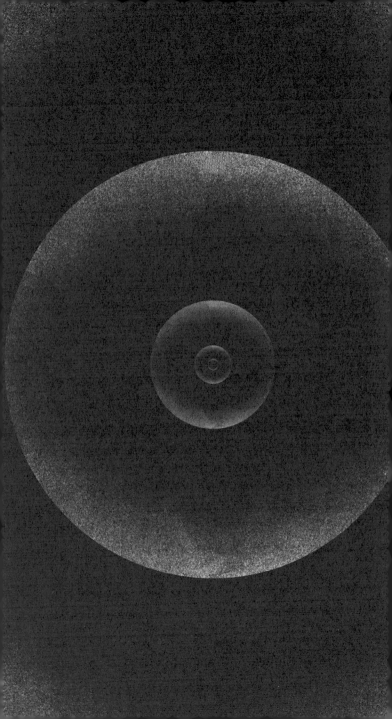

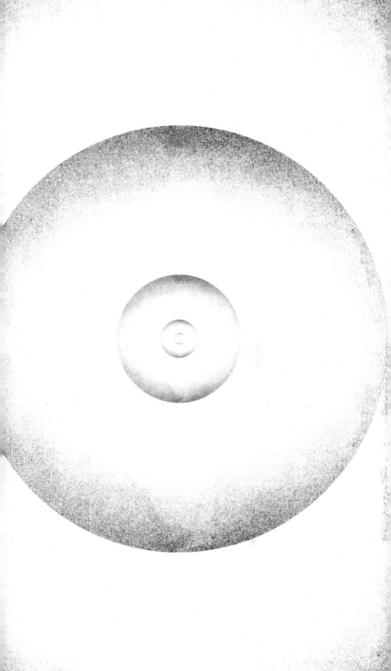

12

무대가 밝아진다.

마카베만 없다. 그 외의 모든 등장인물은 마카베가 있었던, 지금은 공백이 된 공간을 바라본다.

마카베는 없다. 마카베가 없다는 사실만 두드러진다. 시간이 흐른다.

(끝)

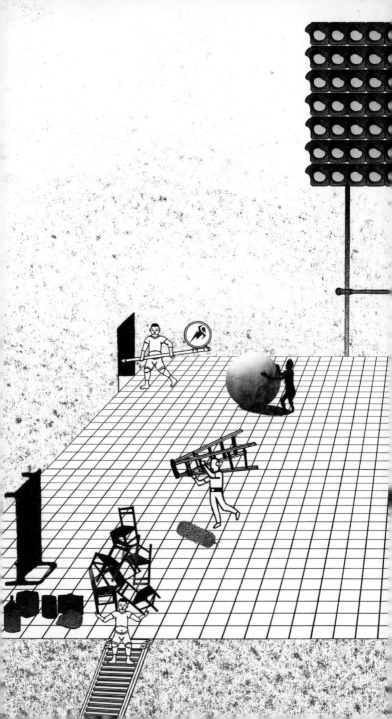

함수 도미노

1판 1쇄 찍음 2024년 10월 10일
1판 1쇄 펴냄 2024년 10월 24일

지은이 마에카와 도모히로
옮긴이 이홍이
펴낸이 안지미
CD S. Nyhavn
그린이 이도희

펴낸곳 (주)알마
출판등록 2006년 6월 22일 제2013-000266호
주소 04056 서울시 마포구 신촌로4길 5-13, 3층
전화 02.324.3800 판매 02.324.3232 편집
전송 02.324.1144

전자우편 alma@almabook.by-works.com
페이스북 /almabooks
트위터 @alma_books
인스타그램 @alma_books

ISBN 979-11-5992-417-0 04800
ISBN 979-11-5992-244-2 (세트)

알마출판사는 다양한 장르간 협업을 통해 실험적이고 아름다운 책을 펴냅니다.
삶과 세계의 통로, 책book으로 구석구석nook을 잇겠습니다.